Claustrations

Du même auteur

Claustrations, Phénix Noir, 2017 ; Mini +, 2023
Iniquité (nouvelle), Lamiroy, 2018
Anamnèse, Phénix Noir, 2029 ; Mini +, 2023
Désobéissance, M+, 2023

Mystère en Belgique : Le manoir hanté, Auzou, 2022
Mystère en Belgique : La sorcière de la forêt, Auzou, 2023

Salvatore Minni

Claustrations

Thriller

M+ ÉDITIONS
5, place Puvis de Chavannes
69006 Lyon
mpluseditions.fr

Composition Marc DUTEIL
ISBN 978-2-38211-137-6

Je dédie ce roman à mes parents
que la vie n'a pas épargnés…

Enfermé dans la souffrance, isolé dans le plaisir,
solitaire dans la mort, l'homme est condamné,
par sa condition même, à ne jamais satisfaire un désir
de communication auquel il ne saurait renoncer…

Gaston Berger

Avis au lecteur

Cette histoire se déroule au moment où vous la lisez et dans le pays où vous vivez.

Ce roman a pour objectif de vous déstabiliser, de vous intriguer, de vous… enfermer.

De nombreuses questions vont vous assaillir.

Vous allez m'adorer et certainement me détester aussi. Peut-être allez-vous même adorer me détester.

Vous tenez entre les mains une version retravaillée de mon roman publié à compte d'auteur en septembre 2015. Le travail d'un écrivain n'est jamais fini ! Il est toujours possible d'améliorer, d'étoffer, de peaufiner son roman.

Dans le cas présent, ce sont les conseils avisés et utiles d'un grand romancier qui m'ont guidé. L'histoire reste la même. Celles et ceux qui ont déjà lu Claustrations découvriront néanmoins de nouveaux passages, des aventures inédites vécues par mes personnages. Les néophytes pourront le découvrir avec un regard neuf.

Dans les deux cas, je me suis attelé à chercher des pistes qui vous feront tressaillir.

Pour une expérience telle que je l'ai imaginée, je vous conseille de lire ce roman dans une pièce peu éclairée et… seul. Vous vous apprêtez à plonger dans les méandres de l'esprit humain.

Surtout, ne craignez pas l'obscurité…

Salvatore Minni

Prologue

L'obscurité.

Rien que l'obscurité. La peur.

Une peur panique.

Son cœur battait à tout rompre. Sa respiration était saccadée. Il tenait sa petite main sur sa bouche pour que l'on ne l'entende pas respirer. Surtout ne pas faire de bruit. Il n'existait pas. *Chhht !* Maman lui avait ordonné de rester là et de n'en sortir que lorsqu'elle le lui ferait signe. Il s'assura que son ami « Bambi » était auprès de lui. Ces deux-là ne se quittaient jamais. Sauf à l'heure du bain. La petite peluche le rassurait et il se confiait beaucoup à elle. Il serra son ami très fort contre lui.

Un léger grincement. Il tressaillit de tout son petit être lorsqu'une porte du placard s'ouvrit légèrement. *Bambi, je t'en supplie protège-moi, avait-il chuchoté. Si ces messieurs nous voient, ils nous sépareront, c'est sûr.* À travers la fine fente, le garçonnet observait la scène.

Le tonnerre le surprit, mais il parvint à rester calme.

Dans la pièce, papa et maman. Papa était attaché sur le fauteuil préféré de maman et maman était à genoux. Deux hommes. L'un tenait maman. L'autre avait un long couteau et se tenait près de papa. Maman gigotait dans tous les sens. Elle avait un foulard sur la bouche. Sa voix était perceptible, mais non ce qu'elle disait. Papa avait l'air de dormir. Le petit ne comprenait pas que son père avait été assommé par son agresseur peu avant.

Soudain, il entendit le hurlement étouffé de maman. Lorsqu'il dirigea son regard vers son papa, l'homme était en train de lui donner des coups de couteau.

Un.

Deux.

Trois.

Quinze coups ! Papa n'était plus qu'une poupée de chiffon et l'autre continuait à s'acharner. Maman pleurait, toujours maintenue à genoux. Elle hurlait sa douleur. Mais rien n'y fit. L'enfant plaqua Bambi sur sa bouche pour étouffer ses sanglots.

Quelques minutes plus tard. Quelques heures ? Il ne saurait le dire. Une éternité, à ses yeux. Maman, le visage rougi par les larmes, lui tendait des bras dans lesquels il put enfin se réfugier.

Mesdames, Messieurs, bonsoir. La suite de nos programmes.

Dans quelques instants, les prévisions météo suivies du « 20 heures ».

À 20 h 40, votre divertissement humoristique « Parents, mode d'emploi ».

Et à 20 h 55, votre émission tant attendue : « Prison ou liberté ? » où nous découvrirons si notre candidat finira par trouver l'issue ou s'il restera prisonnier à jamais.

Et pour finir notre soirée, trois nouveaux épisodes de votre série

« NCIS ».

Je vous souhaite d'ores et déjà une merveilleuse soirée en notre compagnie et vous dis à demain, avec plaisir !

1

À l'intérieur, un feu crépitait dans l'âtre. Malgré la fin de l'hiver, les soirées étaient encore fraîches. À l'extérieur, la ville continuait son train-train quotidien. Les uns couraient pour prendre leur métro ; les autres pestaient derrière leur volant. Eux étaient à des années-lumière de cette effervescence. Rose et Charles avaient tout prévu : de la nourriture, de l'eau et même une télévision qui trônait au centre de la petite pièce. Cela faisait plusieurs semaines qu'ils n'avaient quitté ce lieu que pour se rendre aux toilettes deux fois par jour.

Le printemps venait de poindre, égayant la ville de ses couleurs. Mais Charles n'avait malheureusement pas eu l'occasion de profiter de son jardin, car il avait dû s'emmurer dans un confort rudimentaire et une atmosphère obscure.

Son épouse, Rose, n'était pas forcée de rester dans ce repaire avec lui, mais y passait néanmoins le plus clair de son temps. C'était plus fort qu'elle : elle ne pouvait se résigner à l'abandonner.

La nuit tombée, elle regagnait sa chambre tandis que Charles tentait de trouver un peu de répit sur ce lit de camp trop dur pour son vieux dos. Il n'avait pas vu la lumière depuis des jours, mais ne se plaignait pas. Rose admirait sa force. La vie n'avait pas fait de cadeau à son époux, mais il prenait les choses avec philosophie. Rose, elle, ne supportait pas leur nouvelle situation et ne se gênait pas pour le répéter à longueur de journée. Chaque soir, en allant au lit, elle se promettait de tenir sa langue le lendemain. En vain. Le jour suivant, elle y allait de sa ritournelle.

Attablés, le silence était leur unique compagnon. Cet endroit aurait rendu une pie taciturne. À plus forte raison que le couple n'ignorait pas que cette cachette était indispensable à la survie de Charles. Ce dernier se refusait à évoquer les raisons de sa mise à l'écart. Par contre, Rose remettait sans cesse la même discussion sur le tapis ; mais rien ne servait d'en parler, la situation était inextricable. Charles, quant à lui, se contentait de laisser son regard noyé d'ennui et d'amertume traîner dans le vide.

À la télévision, un orateur en costume et cravate gesticulait face à un public médusé. Il s'agissait du Président du pays, ce traître. Fier, il annonçait que, grâce à sa politique, il endiguerait efficacement le vieillissement de la population ainsi que le problème du paiement des pensions. Il avait, à l'entendre, découvert une arme redoutable qui empêcherait leur pays de se transformer en « terre des retraités ».

Charles mâchouillait sa nourriture sans aucune conviction ni plaisir. Il aurait bien changé de chaîne, mais c'était plus fort que lui : il fallait qu'il entende ce que cet être abject formulait avec tant d'entrain. Il le haïssait. Jamais il n'avait éprouvé un tel mépris pour quelqu'un. Il soupira. Rose posa une main apaisante sur celle de son époux.

Ce soir-là, Charles avait des crampes au ventre, ses intestins se tortillaient, se nouaient, se dénouaient, le trituraient. Il était las d'être un animal humain, un être primitif qui passait son temps à se nourrir pour se vidanger ensuite. Il ne lui restait plus rien, n'avait plus aucune aspiration. Il se contentait de vivre. Peut-être devrait-il se rendre ? La mort ne valait-elle pas mieux que ce simulacre d'existence ? Cette misérable vie qui le dépouillait de toute liberté avait-elle de l'importance ?

À maintes reprises, il avait confié son désarroi à Rose, son envie de tout arrêter, de se rendre et d'accepter sa peine. Malheureusement pour lui, sa femme refusait d'envisager cette possibilité. Non ! Il fallait que Charles se tapisse, le temps que la situation se remette en place. Il le lui devait. Il ne pouvait pas l'abandonner, il n'en avait simplement pas le droit. Sans Charles, Rose serait perdue et errerait dans un monde qui ne lui correspondait déjà plus. Sans lui, la vie n'aurait plus aucun sens à ses yeux. Par conséquent, depuis le soixante-cinquième anniversaire de Charles, ils demeuraient reclus dans leur maison… leur prison.

Bien entendu, Rose pouvait se permettre de sortir, faire des courses tout en veillant à ne pas acheter trop de nourriture : cela aurait éveillé les soupçons. Elle était désormais censée vivre seule et revenait donc du supermarché avec le strict minimum.

Le poste de télévision continuait de vomir des images belliqueuses accompagnées de sons agaçants. Décidément, ce Président était le pire des dirigeants que le pays n'avait jamais connus. Rose en eut assez d'entendre ses balivernes. Elle s'empara de la télécommande et mit l'appareil hors tension. Elle poussa un *ouf !* de soulagement.

– Que fais-tu, enfin ? demanda Charles, irrité.

– Pourquoi t'obstines-tu à regarder ces inepties ? rétorqua-t-elle.

– Je te rappelle que ce qu'il dit est important. Si nous sommes dans cette tanière, c'est à cause de lui. Son discours, aussi insupportable soit-il, devrait t'intéresser aussi.

– À quoi bon, hein ? Ce type crache son venin et je devrais l'écouter ? cria-t-elle.

– Ma chérie, je te comprends.

Charles savait pertinemment que sa femme avait raison. Il haussa les épaules en signe de reddition. Pourquoi se faire davantage de mal, alors qu'il connaissait parfaitement la situation et que ce salopard ne changerait pas d'avis.

Ils terminèrent leur repas sans prononcer un mot, laissant le silence reprendre possession de l'espace.

Quelques minutes plus tard, un claquement déchira l'atmosphère écrasante dans laquelle le couple se noyait. Le cœur de Rose bondit. Charles et elle se dévisagèrent : leurs yeux trahissaient leur frayeur.

– Mon Dieu, ils sont là, chuchota Rose dont le corps fut irradié de frissons.

– Vas-y. N'oublie pas que je ne suis pas là… Suis notre plan à la virgule près. Surtout (il lui caressa tendrement sa joue), garde ton calme. Tout va bien se passer.

Rose se leva à grand-peine. Ses jambes s'alourdirent de dix kilos chacune. Elle se dirigea vers l'interrupteur, éteignit la lampe et quitta la pièce. Elle mit le verrou, traversa un couloir aussi sombre que les limbes, avant de pénétrer dans une autre pièce. Elle ferma une première porte derrière elle, tira le rideau noir, franchit la cave, en sortit et bâcla la porte avant de monter l'escalier. Ses jambes pesaient une tonne maintenant. *Pourvu que je parvienne à gérer ma peur*, pensa-t-elle.

Parvenue en haut de l'escalier, elle passa par le vestibule avant de retirer le loquet de la porte principale. De l'autre côté, une voix murmura :

« Maman, c'est moi, ouvre. »

Soulagée, Rose ouvrit la porte et tomba dans les bras de Phil, son fils, qui eut du mal à remettre le verrou tout en maintenant sa mère. Il l'aida à s'asseoir dans le salon, alla prendre un verre d'eau que Rose but d'un seul trait. Il était très inquiet.

– Maman, tu te sens mieux ? s'enquit-il.

– Oui… Mais on avait dit que tu me passerais un coup de téléphone avant de venir. Tu nous as fichu une de ces frayeurs ! Nous avons cru que le moment était arrivé, dit-elle entre deux sanglots.

– Je sais, je suis désolé. La batterie de mon portable m'a lâché… Je n'aurais pas dû venir sans m'annoncer.

Rose reprit peu à peu ses esprits tout en expliquant à son fils qu'il ne devait pas s'inquiéter, il avait bien fait de leur rendre visite. Son père serait ravi de le voir. Ils se sentaient tous deux si seuls depuis…

– Comment va papa ? J'imagine que ça ne doit pas être évident pour lui en ce moment. Où est-il exactement ?

– Il a fait aménager tout un système qu'il appelle « l'arrière-cave ». C'est judicieux, mais s'ils veulent le prendre, ils y parviendront.

Elle lui révéla que le sous-sol de la maison avait été transformé : il y avait une cave, mais aussi un couloir qui menait à une seconde pièce bien dissimulée. Phil soupira. Il aurait tant voulu faire quelque chose pour les aider. Il se devait de trouver le moyen de sortir son père de cette impasse. Mais lequel ? Il fallait que son père quitte le pays, c'était l'unique solution. Mais cela semblait presque impossible. Pour réussir à quitter le pays, il faudrait falsifier ses papiers, le maquiller et le déguiser. Il devrait paraître plus jeune…

– Bon, emmène-moi dans cette fameuse caverne secrète. Je veux voir papa et le soutenir.

Ils prirent tous deux le chemin du sous-sol. Une fois dans la cave, Rose ferma la porte derrière eux avant de montrer à Phil ce qui se cachait derrière le rideau noir. Il n'en revenait pas. Jamais il ne se serait aperçu qu'il y avait un passage. D'abord, parce que la lueur de la lampe était trop faible et, ensuite, parce qu'un rideau noir sur un mur peint de la même couleur ne se voit pas. Son père était bien plus rusé qu'il ne l'avait pensé.

Ils finirent leur parcours dans l'arrière-cave. Charles, le teint blafard, se dirigea vers son fils pour le serrer contre lui. Les mots ne furent pas nécessaires, chacun d'eux devinant ce que l'autre pensait.

– Mon fils, c'était donc toi. Tu nous as fait très peur. Téléphone avant de venir !

Phil se lança dans une explication à laquelle sa mère mit fin :

– Alors de quoi voulais-tu nous parler ?

Le fils se tourna vers sa mère avant de lui faire part de son envie de s'asseoir et de boire un verre, si elle n'y voyait pas d'objection.

– Qu'avez-vous de fort ici ? demanda Phil.

– Rien, répondit-elle, tout est en…

Elle n'eut pas le temps d'achever sa phrase, que Charles avait posé une flasque de whisky sur la table.

– Tiens, bois, fiston.

2

Ses membres étaient frigorifiés et elle peinait à les mouvoir. Combien de temps avait-elle passé là ? Clara était incapable de le dire. Recroquevillée dans une encoignure de la minuscule pièce où elle avait été enfermée, Clara pensait aux raisons qui l'avaient conduite ici. Elle n'en voyait aucune.

Elle aurait tant désiré pouvoir se laver. Même une douche froide, pourvu qu'elle se débarrasse de cette crasse. Ses yeux s'étaient accoutumés à l'obscurité, si bien qu'elle était parfaitement en mesure de distinguer les cafards qui pullulaient dans ce trou. Ses vêtements, ou plutôt les lambeaux qui en restaient, ne suffisaient plus à protéger son corps des morsures et piqûres d'insectes. Son être ne se résumait plus qu'à un tas de chair sordide, sale et repoussante.

Il fallait qu'elle trouve le moyen de s'échapper au plus vite, elle ne tiendrait pas longtemps dans ces conditions. Pourquoi l'avait-on enfermée ? Clara n'avait aucun souvenir de ce qui s'était passé. Comment faire pour sortir de cet endroit sinistre ? La jeune femme avait bien tenté sa chance mais elle avait été neutralisée par un homme costaud et peu commode. Elle savait qu'ils étaient deux, mais n'avait jamais pu voir leur visage : ils étaient cagoulés à chaque rencontre.

Elle, qui était très humaine, s'était retrouvée privée de liberté et traitée comme un animal. Son esprit était engourdi et réfléchir à son évasion l'épuisait. Elle parviendrait à sortir de cette situation, il en allait de sa survie. Elle passa la main dans ses cheveux, mais eut du mal à y faire glisser ses doigts tant ils étaient poisseux.

Jusqu'alors, on lui avait refusé toute requête. Elle avait tenté d'obtenir la permission de prendre une douche, mais, en guise de réponse, elle avait reçu le contenu de sa gamelle en plein visage. Celui-ci était à peu près propre : elle le rinçait de temps en temps à l'eau de la cuvette des toilettes qui trônait au centre de sa cellule.

3

Cela faisait environ sept semaines que Françoise était à la recherche de son amie et collègue Clara. Pendant tout ce temps, elle avait sillonné les rues de la ville où elles n'auraient dû rester qu'un mois. Toutes deux médecins, elles œuvraient pour améliorer le destin des plus démunis. Elles avaient visité plusieurs pays où le régime politique était répressif. Elles étaient parvenues à sauver des vies. Françoise était furieuse. Elle ne comprenait pas comment on avait pu enlever son amie sans que personne s'en soit rendu compte.

Ce jour-là, Clara et elle avaient décidé de se séparer. Ce n'était pas la première fois. Elles travaillaient ensemble, mais étaient plus efficaces séparément. Françoise s'était rendue au tribunal pour convaincre le juge d'abandonner les accusations de meurtre dont une jeune fille faisait l'objet. Une partie de la population s'était mobilisée pour éviter la peine de mort à cette adolescente de seize ans qui avait commis l'irréparable en tentant de se défendre de son agresseur.

Clara, de son côté, était allée à l'hôpital du village pour prêter main-forte à la petite équipe de médecins qui y officiaient. Elle aurait dû rentrer à l'hôtel à 20 heures, pour dîner, mais n'était jamais revenue.

Françoise l'avait, bien entendu appelée pour s'assurer que tout allait bien, en vain. Elle avait alerté les autorités locales, mais sept semaines plus tard, elle était toujours sans nouvelles de Clara. Il faut dire que, dans ce pays, la disparition d'une femme, étrangère de surcroît, importait peu. Elle aurait plus de chance en se lançant elle-même à la recherche de sa collègue.

Françoise était exténuée et désemparée. L'ambassade de son pays avait été prévenue de la disparition de Clara, mais l'enquête ne semblait mener nulle part.

À l'hôpital, personne ne savait ce qui s'était passé. Clara avait quitté le centre vers 19 heures, à l'évidence éreintée, mais satisfaite du travail accompli. Elle prenait généralement le bus, mais ce soir-là, la réceptionniste s'était étonnée de la voir monter dans un van ou une camionnette blanche. Hélas, elle n'avait pas vu qui était au volant. À cette heure-là, il fait déjà nuit.

Françoise ne comprenait rien à cette histoire. Clara ne connaissait personne dans ce pays ! Qui aurait pu venir la chercher ? Cela n'avait pas de sens. Non, pour Françoise, son amie avait été enlevée, cela ne faisait aucun doute. Les représailles les talonnaient sans relâche. Et ce qu'elle craignait plus que tout s'était produit : Clara avait été enlevée. Peut-être était-il déjà trop tard. Elle n'osait envisager cette effroyable possibilité. *Clara, où diable es-tu passée ?* Elle soupira.

Dans sa chambre d'hôtel, Françoise faisait les cent pas. Elle avait l'impression de devenir folle. Elle décrocha le téléphone et appela son mari qui, d'une voix inquiète, lui demanda de rentrer à la maison. Il l'aiderait à faire toutes les démarches pour retrouver Clara, mais il fallait qu'elle rentre au plus vite. Il craignait pour sa vie. Françoise le comprenait très bien, mais ne pouvait se résoudre à rentrer en abandonnant son amie. Elle ne pourrait plus se regarder dans la glace. Il finit par couper la communication sans lui dire bonsoir. Elle se laissa choir dans le fauteuil en tissu marron qui se trouvait à côté de la fenêtre entrebâillée, ferma les yeux, tentant de faire le vide en elle.

4

Elles étaient là, telles des vipères rampantes. Tout autour de lui, il les entendait matin, midi et soir. Sans relâche. Elles étaient partout… mais surtout *en* lui. Elles chuchotaient, riaient, criaient ou pleuraient.

M. Concerto ne comprenait pas ce qu'elles disaient, il souhaitait surtout ne plus rien entendre. Le silence, il en rêvait. C'est tout ce qu'il recherchait.

Dans un coin de ce qui était devenu son repaire, son antre, sa tanière, il plaqua les mains sur ses oreilles pour ne plus entendre les voix qui s'emparaient de lui, l'enivraient, l'aliénaient. Elles s'immisçaient, rampaient jusqu'à lui dès les premiers rayons qui annonçaient l'avènement d'une nouvelle journée. Quelle date, jour, heure, il n'en avait aucune idée. Il ne se souvenait plus des circonstances qui l'avaient amené entre ces murs froids et lugubres. Les frissons le secouaient, il aurait voulu une couverture.

Un calendrier grand format lui rappelait qu'il avait été mis à l'écart sept mois auparavant. L'infirmière qui s'occupait de lui servir ses repas mettait une croix rouge dans la case de la date du jour. *Pour que vous vous rendiez compte du temps qui passe dehors, alors que votre vie est en suspens.*

Il n'avait pas de souvenir précis concernant le jour où l'on était venu l'enlever chez lui pour l'amener de force dans cet institut spécialisé.

Dans sa chambre, le mobilier était réduit à un matelas posé à même le sol. Les murs étaient recouverts d'une matière éponge, pour éviter « que le sujet ne se fracasse le crâne dans un accès de folie suicidaire ».

La porte blindée était fermée à clef. Un hublot en plastique incassable était son unique contact avec le monde extérieur, à savoir un long couloir où se promenaient des patients moins malades que lui. En règle générale, l'isolement est une solution temporaire, mais, dans son cas, il y resterait très longtemps.

Comme tous les matins, l'infirmière lui avait apporté sa pitance : un bol rempli de chocolat chaud trop sucré. Pas de cuillère ni aucun autre ustensile de cuisine pour faciliter son alimentation. Trop de patients avaient trouvé le moyen de s'ouvrir les veines avec une simple cuillère en plastique. Comme chaque matin, il avait posé le bol vide à côté de la porte, puis s'était replacé dans un angle, tête baissée, genoux contre sa poitrine. Comme chaque matin, il se repassait mentalement les circonstances qui l'avaient amené dans cette solitude sépulcrale. Il avait toujours du mal à faire défiler les images de son histoire.

Il demeurait toujours des zones d'ombre qu'il ne parvenait pas à dissiper. Il n'arrivait pas à savoir, par exemple, qui l'avait fait enfermer. Qui avait pu lui en vouloir à ce point ? S'il était dans cet hôpital, en chambre d'isolement, cela signifiait que quelqu'un estimait qu'il était dangereux pour lui-même ou pour la société. Mais pourquoi ? Il n'avait fait qu'écouter les voix qui résonnaient dans son crâne depuis des années… depuis sa naissance, peut-être. Il avait juste obéi aux complaintes qui se répercutaient d'un côté à l'autre de son crâne.

Depuis son internement, personne n'était venu lui rendre visite, à part son épouse. Cette dernière n'était venue le voir qu'une fois ou deux et n'était restée que très peu de temps. Le regard noir de mépris, elle lui avait lâché qu'elle était malheureuse de le voir dans cette cage, mais qu'il l'avait mérité. Il devait être soigné, car il avait de graves problèmes psychologiques. Selon elle, il était sociopathe, psychotique et maniaco-dépressif. Après son départ, il avait fait une crise, détruisant le matériel de la salle d'attente et agressé un des surveillants. Cet épisode lui avait valu une mise à l'isolement.

5

Clara se réveilla, joue contre un sol horriblement froid et humide. Elle détestait cette sensation. Sans compter les insectes qui pullulaient. Par terre. Sur les murs. Partout. Ses yeux s'ouvrirent avec difficulté. Elle dut battre plusieurs fois des paupières pour y voir. Le cauchemar continuait. Elle se trouvait toujours dans sa cellule, cette prison, cette geôle. Ses tempes battaient. Elle se les massa. Ses poignets, ses chevilles, sa nuque. Endoloris. Elle déglutit. Une boule de feu lui enflamma la gorge. Sa bouche était pâteuse. Elle aurait donné cher pour un verre d'eau. Ses muscles, ses tendons, ses articulations étaient raides. Elle sonda sa mémoire. Rien. Elle ne se souvenait de rien, *bon sang !*

Elle était désorientée. Elle fut prise d'un haut-le-cœur et cracha de la bile verdâtre. Elle était comme droguée. Que lui avait-on fait ? Quel produit chimique lui avait-on administré pour qu'elle se sente si mal ? Elle se mit en position assise. Elle grelottait. Sa cellule était non seulement sombre, mais humide aussi.

Elle rassembla péniblement ses idées, tentant de se souvenir de ce qui s'était passé la veille. On l'avait tenue plaquée au sol, on lui avait pincé le nez puis administré une solution très amère dans la gorge. Elle en avait perdu le souffle, le liquide s'étant infiltré dans ses poumons. L'un de ses bourreaux lui avait alors maintenu la mâchoire inférieure pour l'empêcher de cracher.

Elle avait perdu connaissance jusqu'au lendemain. Durant la journée qui s'était d'emblée annoncée obscure et rude, elle avait fait l'objet de représailles à chaque tentative de révolte. Elle n'avait pas le droit de parler, et encore moins celui de crier.

Après avoir été torturée physiquement et mentalement, elle pensait être au seuil de la mort. La fin était proche. On avait tenté de l'empoisonner et de la frapper, mais elle avait survécu. Elle aurait voulu mettre fin à sa vie. Elle perdait peu à peu l'estime d'elle-même et n'avait plus envie de se battre pour survivre aux sévices de ces hommes, aux puces et cancrelats qui lui dévoraient la chair.

Clara croisa ses doigts blessés sur ses genoux, ploya la tête et pensa à Françoise. S'était-elle lancée à sa recherche ? Était-elle rentrée chez elle ? *Pourvu qu'elle aille bien.* Clara ferma les yeux pour tenter d'empêcher les larmes de couler.

6

Françoise était installée à une table du restaurant de l'hôtel. Elle ne prêtait aucune attention au décor pourtant original et moderne. Le regard terne, elle se repassait mentalement les images que son cerveau lui avait projetées durant la nuit. Un rêve malsain, une atmosphère à la fois oppressante et souillée. Elle se voyait assise dans le coin d'une cellule sombre. Bien que ses mains ne soient pas liées, elle ne parvenait pas à les mouvoir. Une force invisible semblait les maintenir avec fermeté telles des menottes.

Elle était percluse de douleurs le long de la colonne vertébrale. On l'avait visiblement torturée. Elle s'était réveillée ce matin-là avec un goût amer dans la bouche. Elle comprenait mal ce rêve. Elle peinait à y voir un sens. Était-ce un rêve sans signification ? Traduisait-il les craintes qu'elle avait pour Clara ? Ou bien, et même si elle avait toujours rejeté cette idée, était-elle capable d'entrevoir ce que son amie était en train de vivre ? Dans ce cas, son amie était en danger et il fallait qu'elle la sauve au plus vite.

Sa famille lui manquait, et la culpabilité l'écrasait entre le marteau qui frappait l'enclume.

Elle acheva son petit-déjeuner et alluma une cigarette tout en ayant une pensée pour Julie, sa fille. Des volutes de fumée bleue s'échappèrent au-dessus d'elle en même temps que les chances de retrouver un jour Clara.

Quelques bouffées plus tard, elle se dirigea vers la réception de l'hôtel. Comme chaque matin, il n'y avait aucun message à son attention. Elle confia sa clef à la jeune femme derrière le comptoir et quitta l'hôtel. Dehors, elle héla un taxi et demanda au chauffeur de l'emmener à l'hôpital de la ville. Malgré la disparition de son amie, Françoise continuait à assister les médecins submergés par une épidémie de dermatose. Clara et Françoise s'étaient promis de poursuivre leur œuvre quoi qu'il puisse arriver. Elle ne faisait que respecter sa promesse, tout en poursuivant les recherches.

Certes, les médecins de l'hôpital lui étaient venus en aide au début. Hélas, ils n'avaient pas pu prolonger leur enquête. Les uns étaient débordés de travail, les autres avaient été mis en garde par leur supérieur de ne pas se mêler de cette histoire de disparition. Bref, Françoise était pour ainsi dire seule. Il n'y avait que Jean, le chef des infirmiers, qui avait continué à la soutenir, l'accompagnant au commissariat, arpentant les rues de la ville, placardant le portrait de la disparue dans les lieux publics. Malgré cet acharnement, lui et Françoise étaient de plus en plus inquiets. La journée promettait d'être longue et épuisante à l'image des autres jours. Françoise tenait bon, se surprenant elle-même de la force dont elle faisait preuve.

À peine était-elle arrivée dans le hall de l'hôpital qu'elle fut tirée par le bras par un collègue qui avait besoin d'aide. Elle enfila sa blouse tout en écoutant l'anamnèse du patient. Il avait d'importants problèmes respiratoires dus aux nombreux allergènes présents dans son habitation. Cette personne était clairement hypersensible : allergie à la poussière, aux acariens, aux chats, au pollen et même aux poils de chevaux. Il avait fait plusieurs arrêts respiratoires et les médecins habilités à pratiquer une trachéotomie étaient tous occupés avec d'autres patients. Elle seule pouvait venir en aide à cet homme. Elle suivit son collègue jusque dans la chambre du malade qui avait toutes les peines du monde à avaler un peu d'oxygène, malgré son masque.

Françoise, qui n'aimait pas ce genre d'intervention, dut se résoudre à saisir le scalpel que lui tendait son collègue. Elle incisa le cou déjà anesthésié au niveau des premiers anneaux de la trachée avant d'y introduire une canule qu'elle relia à une sonde d'intubation.

7

Phil ingéra une gorgée de la boisson alcoolisée, ce qui fit le plus grand bien à son gosier endolori par les microbes qui s'y étaient logés malgré le début du printemps. Charles regardait le sol, inerte. Rose, quant à elle, ne tenait pas en place. Passant d'une chaise à l'autre, d'un coin à l'autre de la minuscule cachette, elle attendait que quelque chose se produise. Elle espérait que son fils proposerait une idée lumineuse pour sauver son père. Comme rien ne semblait venir, elle rompit le silence. Sa voix résonna comme une explosion dans la tête de Charles.

– Alors, on va continuer à éviter le regard les uns des autres ou bien va-t-on se décider à parler de ce qui se passe ? Je vous signale que ça fait une semaine entière que nous nous cachons. Je ne supporte plus cette oppression permanente.

– Que proposes-tu ? rétorqua son mari. Que je m'en aille ? Que je me rende ?

Rose le fixa de son regard las.

– Je veux qu'on trouve une issue qui puisse te sauver la vie, c'est trop demander ? lâcha-t-elle.

– Écoutez-moi, intervint Phil. J'ai peut-être une solution.

Le regard de Rose s'emplit d'espoir, elle se précipita vers son fils, tout ouïe.

– Il y a plusieurs possibilités, soit on fait croire que papa est mort (dans ce cas, il nous faudrait un corps…), soit on le fait sortir du pays.

– D'accord, mais comment faire ?

Charles ne pensait pas que la seconde proposition soit réalisable. Le faire fuir à pied ? S'il prenait l'avion ou même le train, on lui demanderait de présenter ses papiers et il serait tout de suite démasqué. Phil répondit qu'il fallait lui trouver de nouveaux papiers sur lesquels apparaîtrait l'identité de quelqu'un d'autre… plus jeune.

C'était bien cela le problème : la jeunesse de Charles s'était envolée le jour fatidique de ses soixante-cinq ans. Il se retrouvait désormais sur la liste macabre. Les autorités ne tarderaient pas à venir le chercher.

– Papa, écoute. Je me suis renseigné, je connais un médecin plasticien.

Charles écarquilla les yeux et ouvrit la bouche, prêt à protester. Mais Phil lui fit signe de le laisser continuer. D'après ses dires, ce médecin était un génie et il pourrait l'aider à rajeunir son visage. Grâce à cet homme, Charles aurait un sursis d'au moins dix ans.

– Et ensuite, hein ? réagit le père. Et ensuite, que vais-je devenir ?

– On verra ça le moment venu, mon chéri, intervint Rose.

Phil leur certifia que les coûts de l'opération étaient supportables. Certes, ils étaient élevés, mais ils parviendraient à réunir cette somme. Il prit la main de son père.

– Papa, c'est le seul moyen si tu ne veux pas vivre reclus dans cet endroit exigu et austère.

Charles haussa les épaules, sa tête devint lourde, ses neurones s'entrechoquaient. Il savait que Phil avait raison. Pour s'en sortir, il devait accepter cette proposition. Son fils le supplia d'au moins considérer cette éventualité. Il était prêt à prendre les choses en main : l'emmener chez le médecin, le cacher, le protéger. Charles alluma son poison, tira dessus avant de rejeter la fumée bleue qui dérangeait tant Rose. Comme toujours, elle feignit la quinte de toux, signifiant sa réprobation.

Charles ne prononça pas un mot jusqu'au départ de Phil. Rose se mordit les lèvres pour ne pas l'assaillir de questions, mais l'envie fut plus forte.

– Alors, qu'en penses-tu ? Cela vaudrait la peine d'essayer, non ?

– Quoi ? Avoir un visage lisse et figé, qui n'est plus le mien ? Je suppose que ça doit être formidable, ironisa-t-il.

– Tu sais, de deux choses l'une, soit tu auras le visage figé d'un cadavre en putréfaction, soit celui d'un homme plus jeune, mais vivant, répondit-elle en insistant sur le dernier mot de sa phrase.

– Pff, je ne sais pas. Il vaut peut-être mieux que je me rende et que j'accepte mon destin, tu ne crois pas ?

– Non, répondit-elle froidement. Et si tu faisais ça, je ne te le pardonnerais jamais. Jamais !

Elle tourna les talons et quitta cet endroit qui devenait insupportable.

Face à lui-même, Charles tenta de ne plus penser à la conversation qu'il venait d'avoir. Il était las. Vivre ou mourir ? Il ne savait plus. Il était tard, ses paupières se faisaient lourdes. Il se déshabilla, urina dans la petite bassine prévue à cet effet et s'allongea sur le lit de camp. Il eut une pensée pour Rose. Elle avait soixante ans et ne comprendrait donc ce qu'il ressentait que dans cinq ans, si cette terrible loi était maintenue. Un long soupir s'ensuivit.

Nu, il observa ses jambes, ses bras, ses mains, son ventre arrondi. S'il acceptait l'idée de son fils, il aurait le faciès d'un homme de cinquante ans, mais son corps trahirait son âge : une figure lisse et figée sur un corps fripé par l'âge. Cette image le fit grimacer de dégoût.

Il finit par enfiler son pyjama à rayures avant de s'enliser dans l'obscurité du sommeil. Une fois encore, le monde onirique le transporta dans sa jeunesse. Il était chez ses parents. Il se sentait si bien, si heureux. Ses rêves lui renvoyaient des images de son adolescence qui se transformaient en hymne à la vieillesse qui le dévorait. Il se réveilla dans un sursaut. Il haletait. Cet homme décomposé par le temps lui saccageait l'esprit. Il tenta de se rasséréner avec un verre de whisky et une cigarette.

Mesdames et Messieurs, bonsoir. Je suis heureuse de vous retrouver.

Comme chaque soir à cette heure, voici ce qui vous attend dans les heures qui suivent.

Dans une poignée de secondes, Catherine vous parlera du temps. Il va falloir sortir le parapluie, les jours prochains.

À 20 h 40, vous retrouverez « Parents, mode d'emploi ».

Et pour finir votre soirée, trois nouveaux épisodes de la série

« NCIS ».

Mais avant cela, « Prison ou liberté ? », à 20 h 55. Ce soir, vous découvrirez le visage de notre nouveau candidat. Je vais vous confier un secret, il s'agit d'une candidate. Messieurs, vous apprécierez.

Quant à moi, je vous dis à demain ! Bonne soirée.

8

M. Concerto était agité ce jour-là. Il n'en pouvait plus de vivre dans cette prison. Cette chambre d'isolement le rendait fou, il était à la fois enfermé physiquement et emmuré dans un corps qui lui susurrait sans relâche des phrases incompréhensibles. Des fragments de mots, des morceaux d'un discours inintelligible. Il était adossé au mur, frappant sa tête contre, comme pour la détruire et déloger ces voix. Il regrettait que murs et sol soient si moelleux. Au moins, contre une paroi dure, il aurait pu se fracasser le crâne et en finir une fois pour toutes.

Il se laissa glisser par terre. Il se remémora la fois où il était dans une position similaire : par terre, le séant à même le sol, les jambes croisées et les mains sur les oreilles. Il avait alors sept ans. Il était dans la cour de récréation. Il entendait des voix le taquiner, le rabaisser, l'insulter. Il ne réagissait pas. Il était le souffre-douleur de ses camarades de classe. À la moindre occasion, il était bombardé de jurons ou de petites tapes sur la tête.

Pourtant, il était plus grand que les autres et là se situait le problème. Il était différent des autres : il ne portait pas de vêtements de marque, ni ne possédait de baladeur dernier cri. Bref, tout ce qui engendrait les boutades des petits monstres composant sa classe.

Ce jour-là, il était assis par terre. Il s'était bouché les oreilles pour ne plus les entendre, deux ou trois tapes sur la tête ne le firent pas réagir. Voyant qu'il demeurait là, comme une lavette, un de ses tortionnaires lui flanqua un coup de pied mal placé, qui l'avait envoyé à l'hôpital. Bien entendu, ses parents avaient porté plainte contre l'école et ses surveillants. Les sévices s'étaient amplifiés suite à cette action en justice. Il avait fini par changer d'établissement.

Il n'avait jamais compris le sens de l'hostilité qui animait ces petits salauds. Il n'avait jamais ennuyé personne. Il était plutôt introverti et préférait passer du temps seul. Ironie du sort, la solitude avait été sa meilleure amie jusqu'à aujourd'hui. Un sourire narquois s'installa sur son visage. *Tu voulais être seul, non ? Eh bien, tu l'es enfin. De quoi te plains-tu donc ?*

L'infirmier de garde frappa au hublot de la porte, c'était l'heure du déjeuner. Il connaissait la procédure, s'il voulait se remplir le ventre. Il se leva, se mit au fond de la pièce, prit la sangle et s'attacha le bras. L'infirmier ouvrit la porte, posa son plateau avant de refermer à double tour. Au menu, du filet de poulet, deux tartines, une banane, trois cachets de couleur différente et, pour boisson, de l'eau.

9

Une nouvelle journée venait d'éclore. Tapi dans son arrière-cave, Charles n'en voyait pas la clarté. Seule sa montre lui indiquait que l'aube chassait déjà le voile sombre qui recouvrait la ville.

Il était huit heures. Rose n'allait pas tarder à venir lui apporter son petit-déjeuner. La vessie pleine et douloureuse, il se leva pour se vider d'une quantité interminable d'urine, vestige de l'alcool qu'il avait ingurgité la veille. Il se déshabilla, fit un brin de toilette face à un minuscule miroir. Le gant de toilette humide et froid lui redressa les poils de la tête aux pieds. Il s'arrêta un instant pour observer le tatouage qu'il avait sur l'intérieur de l'avant-bras. Il ne croyait pas à l'astrologie, mais avait choisi le symbole de son signe, celui des gémeaux : II.

L'encre noire se rapprochait davantage du bleu vert que de l'ébène, désormais. Le temps et l'âge l'avaient affadi. Lorsqu'il l'avait fait, il était jeune. La vie lui appartenait à cette époque-là. Ce n'était malheureusement plus le cas, aujourd'hui. Il haussa les épaules tandis qu'une moue vint assombrir sa mine.

Une clef fut introduite dans la serrure de la porte. Rose était là. Pendant que Charles se séchait, grelottant, elle posa un plateau garni de deux tasses de café, de tartines au beurre de cacahuètes et d'une pomme. Rose se tourna vers son mari, l'embrassa tout en lui caressant le visage. Charles enfila son peignoir avant de lui demander si elle avait bien dormi. Elle avait passé une nuit plutôt calme, pour une fois. « Et toi ? » demanda-t-elle. Il mentit en répondant par l'affirmative.

Ils n'avaient pas d'appétit, mais simulaient un plaisir vital. Ils avalèrent leur petit-déjeuner sans aborder le sujet de la veille. Ce sujet qui empêchait Charles de dormir la nuit. Cette situation que leur avait imposée le Président. Rose mourait d'entamer la discussion. Elle hésita, prit son courage à deux mains et se lança dans son interrogatoire quotidien.

Charles leva les yeux au ciel. Il ne comprenait pas qu'elle veuille sans cesse parler du même sujet. Pourtant, il fallait régler la situation, insistait Rose. Charles en était conscient. Mais bon Dieu, ce qu'il aurait voulu commencer la journée sur une note différente pour une fois ! Il proposa à sa femme d'en discuter après le déjeuner. Il n'avait aucune envie de se replonger dans la réalité. Il désirait se changer les idées. Il alluma la télévision, choisit la chaîne musicale et fit quelques pas de danse endiablée.

Consternée, Rose se leva pour quitter l'arrière-cave, mais Charles l'en empêcha. Il se posta devant elle, lui prit les bras et la força gentiment à les bouger au rythme de la musique. Tendue et réticente, Rose avait failli annihiler la soudaine énergie positive de son mari ; mais elle finit par se laisser prendre au jeu. Pendant une petite demi-heure de chorégraphies en tous genres, ils oublièrent la misère de leur existence.

La sonnerie lointaine du téléphone retentit, se mêlant aux sons électroniques des chansons qui passaient à l'écran. La voix qui émanait du répondeur désirait s'entretenir avec Charles pour fixer les modalités de sa disparition. On les contacterait ultérieurement…

10

Le lendemain, Rose fut très matinale. Elle se prépara, avant de mettre la cafetière en route. Pendant que l'eau s'infiltrait à travers la poudre noire, pour en ressortir aromatisée, elle préparait le plateau de Charles. Elle y mettait toujours tout son cœur.

Ils avaient jusqu'alors bravé bien des tempêtes, des ouragans même, dont ils étaient sortis plus forts tous les deux. Mais cette fois, ni Rose ni Charles ne parvenaient à lever le voile sur ce qui les sortirait de cette tornade.

Le café prêt, Rose versa le liquide fumant dans une tasse qu'elle posa sur le plateau. Quelques minutes plus tard, elle frappait à la porte de la cave et son mari lui sauta au cou pour la serrer très fort contre lui. Il avait fait un mauvais rêve dans lequel Rose se faisait dévorer par des cafards. Un songe ridicule, mais si réel qu'il avait eu un doute au réveil. Rêve ou réalité ? Où se situait-il ? Était-il réellement enfermé dans ce trou à rats ou bien était-ce une illusion ? Sa femme avait-elle été dévorée par des insectes ?

Bien sûr, il était heureux de voir sa femme apparaître sur le seuil de la porte, vivante. D'un autre côté, il aurait préféré se réveiller dans son lit, libre d'aller et venir, libre de se promener dans le parc devant chez lui. Bref, ne plus être prisonnier de sa propre existence.

Il prit le plateau des mains de son épouse, le posa sur la table, avant de l'enlacer avec tendresse. Rose demeura stupéfaite, son mari n'avait plus été aussi affectueux depuis des semaines. Elle se laissa aller dans cet élan sentimental qui lui avait tant manqué et étouffa un sanglot. Ils prirent le petit-déjeuner, souriants, faisant fi du triste décor qui les entourait.

Au bout d'une vingtaine de minutes, Rose annonça qu'elle devait faire quelques courses, elle ne tarderait pas à revenir lui tenir compagnie. Face à ses craintes, Charles la rassura. Il était persuadé qu'on ne viendrait pas le chercher ce matin. Ils étaient bien trop paresseux et, en général, ils débarquaient en fin de journée. Rose le savait.

Ils s'embrassèrent. Elle ferma la porte à double tour. Charles se décida à faire sa toilette avant de se plonger dans le roman clandestin interdit par le gouvernement intitulé *Comment j'ai fui mes soixante-cinq ans*. Il était persuadé que grâce au récit de l'auteur, il parviendrait à déjouer les plans funestes de son Président. Il s'installa au pied du lit, chaussa ses lunettes avant d'entamer sa passionnante lecture.

« *Reclus dans ma cave, cet endroit obscur et humide, depuis mon soixante-cinquième anniversaire, je cherche le moyen de fuir mon existence. J'analyse toutes les possibilités qui m'ont été proposées. J'ai le choix : quitter le pays, me faire greffer un nouveau visage, falsifier mes papiers ou encore annoncer ma propre mort.* »

La dernière alternative était la plus intelligente, selon Charles. S'il était « mort », on ne chercherait plus à le tuer, et il pourrait vivre plus ou moins paisiblement. Il leva les yeux au plafond. Un long soupir d'espoir s'échappa de sa bouche. Il détenait peut-être la clef qui lui ouvrirait les portes de la liberté.

Lorsqu'ils avaient visité la maison, trente ans auparavant, Charles et Rose étaient tombés sous le charme. Des chambres spacieuses, une cuisine aux baies vitrées laissant passer une belle luminosité, qui donnait sur une salle à manger énorme et enfin, un sous-sol incroyable. Les caves étaient peut-être l'endroit le plus surprenant de la maison : deux pièces d'une vingtaine de mètres carrés et une plus petite. Les murs avaient été fraîchement repeints. Tout était blanc. Le sol, le plafond. Un blanc immaculé. Rose avait taquiné son mari, avec des caves pareilles, il pourrait y stocker ses outils de bricolage, de jardinage et sa tondeuse à gazon dernier cri. De son côté, le trentenaire qu'était Charles y avait surtout imaginé un coin parfait pour entreposer ses bouteilles de vin. À cette époque, le jeune couple était loin de se douter que trente ans plus tard le sous-sol allait devenir la partie la plus sombre de la maison. Tout avait dû être repeint.

Tout était noir. Le sol, le plafond. Un noir sépulcral…

Soudain, Charles fut troublé dans son trop bref soulagement par le retentissement de la sonnette. Il jeta un coup d'œil à sa montre : onze heures. Qui cela pouvait-il être ? Étaient-ce eux ? Venaient-ils le chercher ? Le facteur ? Où diable s'était attardée Rose ? Des gouttes de sueur se mirent à perler sur son front. Il hésita. Il aurait voulu disparaître à l'instant. Une seconde sonnerie le fit sursauter. *Pourvu que le moment ne soit pas arrivé,* se surprit-il à murmurer. *Pas maintenant. Je ne veux pas mourir, non. Je veux continuer à vivre.*

11

Clara haletait. Son cœur était sur le point d'exploser. Cela faisait des minutes interminables qu'elle courait. Elle savait que les choses tourneraient mal, mais c'était plus fort qu'elle : protéger et défendre les autres comptait plus que sa vie.

Ce fut du reste dans cette optique qu'elle avait entrepris des études de médecine, le seul moyen de venir en aide à son prochain. Elle avait hésité entre cette discipline et la politique. Pour finir, elle avait opté pour une médecine « civique », comme elle l'avait nommée : six mois dans son pays à soigner et combattre les injustices, six autres mois à l'étranger, pour accomplir sa vocation.

Cette fois, elle était dans un pays où le gouvernement décidait du nombre d'enfants que pouvait avoir une famille. Elle était parvenue, avec l'aide de ses collègues, à déjouer la stérilisation de deux cents femmes en âge de procréer. Pour le pouvoir en place, il s'agissait de limiter les naissances afin de contrôler une démographie croissante. Il n'était aucunement question d'une campagne de stérilisation avec consentement. Non, ces femmes devaient être stérilisées de force. Un comportement barbare que Clara ne pouvait accepter. Elle avait une fois encore réuni des collègues volontaires pour tenter de sauver ces femmes.

Elle trébucha, mais se reprit à la dernière seconde. Elle prit la première rue à droite, elle avait semé ses persécuteurs… pour l'instant. D'une façon ou d'une autre, elle devait aller se réfugier dans son ambassade. Là, elle pourrait expliquer la situation : ses collègues avaient été emprisonnés et elle était en cavale.

Sa poitrine montait et descendait à une cadence soutenue, il fallait qu'elle fasse une pause, elle était à bout de forces. Ses jambes se mirent à trembler, elle peinait à tenir debout. Elle s'assit à même le trottoir, contre la façade délabrée d'une petite maison. La sueur coula le long de son échine, elle posa les mains sur ses genoux, baissa la tête, ferma les yeux et se mit à contrôler la cadence de sa respiration. Son rythme cardiaque allait s'apaiser peu à peu, ce qui lui permettrait de réfléchir plus clairement à la situation.

Quelques minutes plus tard, elle se mit debout, leva ses yeux noyés de désespoir vers le ciel bleu limpide et inspira une goulée d'air. Elle n'eut pas le temps de prendre la direction de l'ambassade. Elle sentit un pistolet contre son front. Son sang cessa de circuler, l'étau glacé de la peur lui enserra la gorge. Elle n'eut ni la force de crier, ni celle de réagir. On lui ordonna de se mettre à genoux, les mains derrière le dos, et menottée, elle fut jetée sur la banquette arrière de la voiture de police qui s'était garée en double file.

Dans sa cellule, elle repensait souvent à cet épisode de sa vie mouvementée. Cette fois-là, elle avait bien failli y perdre la vie, mais tout avait été réglé par son ambassade. Aujourd'hui, elle n'était même pas certaine que quelqu'un se soit lancé à sa recherche. Des larmes ardentes ravinèrent ses joues. Quand viendrait-on enfin la délivrer ? Elle commençait à perdre espoir.

Elle passait son temps à se vider les intestins et la vessie.

À chaque évacuation, les brûlures lui déchiraient la chair. *Une douche… Laissez-moi me laver. Je n'en peux plus. La maladie me guette à tout moment.* Elle réprima un hurlement de colère. Elle se dirigea vers ce qui lui servait de toilettes, baissa son pantalon en lambeaux et s'installa tant bien que mal sur la cuvette.

Les douleurs physiques diminuaient sa liberté de mouvement. S'essuyer n'était pas une mince affaire. Chaque geste lui arrachait une grimace. C'était tout ce qu'il lui restait d'humain : on lui permettait d'utiliser du papier hygiénique plus ou moins souple.

C'était décidé, elle tenterait d'obtenir au moins une bassine d'eau claire afin de se défaire de la saleté.

Clara eut une pensée pour ses proches. Ils lui manquaient énormément. Et s'il leur était arrivé malheur ? Et si ceux qu'elle aimait payaient son acharnement à vouloir changer les choses ? Les visages des membres de sa famille, de ses amis, se mirent à danser une valse macabre sous ses yeux. Soudain, Clara l'entendit. La voix de son père. Comme s'il était juste là, à ses côtés. « Je te l'avais bien dit ! Pourquoi ne peux-tu donc pas être comme les autres ? » Elle avait, au cours de sa vie, souvent entendu cette phrase qui l'avait toujours révoltée. Comme les autres ? Attendre que la vie passe ? C'était hors de question !

Son père était aimant, mais impressionnant et parfois dur. Sa voix, son physique robuste. Tout en lui inspirait le respect. Elle l'avait aimé comme une fille unique peut aimer son papa. Hélas, ils ne s'étaient pas souvent compris. Lui préférait une vie « normale », sans faux pas, tout devait être bien calculé. Elle, tout le contraire, fonceuse, pleine de fougue, rebelle. *Papa*… Le cancer l'avait rongé de l'intérieur et l'avait emporté en quelques mois. *Si tu savais ce qui m'arrive à force de foncer tête baissée*, pensa-t-elle des perles salées dans les yeux ? Non ! Ne pas avoir de pensées négatives. Non, pas maintenant… Quand alors ?

Elle avait faim. Elle avait soif. Comment faire pour sortir de là ? Elle observa sa cellule. Elle devait faire trois mètres sur deux. Dans un coin, la cuvette pour ses besoins. Elle tâtonna autour d'elle. Les murs étaient en briques. Elles étaient humides, sales et froides. Froid. Clara avait très froid. Elle tenta de réchauffer ses mains en les frottant l'une contre l'autre, en vain. En face du mur, des barreaux lui rappelaient qu'elle était enfermée comme un animal sauvage.

Elle s'étonna des capacités humaines. L'œil était capable de s'adapter à l'obscurité, bien plus qu'on ne le pensait. Loin d'être nyctalope, elle parvenait à voir comme dans une nuit éclairée par la lune. Autour d'elle, aucune fenêtre. Aucune chance de pouvoir s'enfuir donc. Elle sentit sa gorge se serrer. Mais retint ses larmes. Ne pas pleurer. Ne montrer aucun signe de faiblesse à ces salauds. Garder l'esprit clair et échafauder un plan pour fuir. Elle se demanda à quelle profondeur elle se trouvait. Elle hurla « Au secours… secours… cours… ours ». Elle tressaillit en entendant l'écho lui donner la réplique. Elle réitéra son appel à l'aide.

« Arrête de gueuler, ça ne sert à rien ! À une telle profondeur, personne ne t'entendra ». Clara se figea. La voix masculine qui venait de lui répondre semblait presque sépulcrale.

Alors qu'elle regardait dans le vide, elle se raidit brusquement. Tous ses sens aux aguets, elle tendit l'oreille et ferma les yeux pour se concentrer.

De l'autre côté de sa cellule, un bruit. Il ne semblait pas humain. Les muscles de son cou tendus, Clara sentit son sang battre dans sa gorge. Son rythme cardiaque s'accélérait. Sa cellule était souvent visitée par des cafards, mais là, ce son ressemblait davantage à un animal qui a des griffes. *Mon Dieu, non, pas un rat. Tout, mais pas ça !* Clara se mit debout aussi vite que ses membres engourdis le lui permirent. Dos au mur, elle observait le coin d'où provenait ce *tic tic tic* caractéristique. Il semblait résonner si fort.

Soudain, elle poussa un cri de terreur. Dans l'obscurité, elle les vit : deux minuscules yeux rouges prêts à lui sauter dessus. Le rat se mit à couiner. Clara tressaillit. Elle avait une peur panique des rongeurs et spécialement des rats. Ils étaient souvent porteurs de maladies. S'il la mordait… « Au secours ! Aidez-moi, je vous en prie ! Pas ça ! S'il vous plaît ! » Seul l'écho lui répondit. L'horrible bête ne bougea pas. Comme si elle s'apprêtait à attaquer. Clara fit un pas un arrière.

Le froid humide du mur la fit frissonner. Aucune issue.

Il fallait qu'elle trouve une solution pour chasser cette bestiole immonde. La jeune femme scruta la cellule avec l'espoir fou de trouver un objet pour frapper le rat s'il venait à s'approcher. À l'évidence, elle n'avait que ses pieds et ses mains pour se défendre.

« Bande de salopards, je sais que vous m'entendez ! Venez me débarrasser de cette saloperie de bestiole ! » Elle termina par des jurons fleuris.

Lorsque l'animal menaçant s'avança vers Clara, elle prit son courage à deux mains pour lui asséner un coup de pied. Il alla terminer sa course contre le mur opposé. Répit. Les larmes aux yeux, Clara se détendit un peu. L'avantage qu'elle avait, c'était que ses yeux étaient habitués à l'obscurité. Elle voyait presque aussi bien qu'en plein jour. Elle vit le rat s'écraser contre le mur et retomber. Il était sans doute blessé. Pourvu qu'il soit mort. Elle finit par se mettre par terre, dans un coin, les jambes ramassées contre sa poitrine. Ses sanglots résonnèrent dans toute la cellule. Le rat finit par bouger. Clara leva la tête en sa direction. L'animal semblait sonné, mais vivant. C'est pas vrai !

Quelques secondes suffirent pour que le terrifiant rongeur, les yeux presque incandescents, se dirige vers elle la gueule grande ouverte. Clara inspira un grand coup.

Elle rassembla le peu de forces et de courage qui lui restaient pour le frapper une fois encore. L'animal termina cette fois sa course contre les barreaux. Soulagement. Il était inerte. Clara, à bout de souffle, se laissa glisser sur le sol, tête ployée.

12

Chevilles et poignets liés, M. Concerto jouissait d'un instant de douceur dans cette claustration accablante. L'eau tiède et bienfaisante ruisselait sur son corps nu. Les mains posées contre la paroi, les jambes écartées, il ferma les yeux. L'infirmier qui s'occupait de lui ce matin-là n'était pas comme les autres. Celui-ci était beaucoup moins brutal que ses collègues. Il coupa le jet d'eau pour savonner son patient qui appréciait la douceur du gant de toilette sur sa peau.

Un frisson parcourut M. Concerto lorsque le gant passa au niveau de son entrejambe. Il trouva cet instant très érotique. Son membre s'allongea et se durcit. L'infirmier, habitué à ce genre de réaction physiologique, ne se formalisa pas le moins du monde, continuant l'entretien corporel. Une fois savonné de la tête aux pieds, un jet d'eau débarrassa le patient du savon. Ensuite, il fut séché et habillé.

De retour dans sa cellule, M. Concerto se sentait heureux. Pour la première fois, peut-être. Un sentiment de bien-être l'avait envahi depuis qu'il était propre. La douche représentait l'unique instant d'exaltation poignante. De plus, il s'agissait du seul moment où quelqu'un lui touchait le corps avec douceur. À chaque fois, son érection venait pimenter l'instant, sans toutefois pouvoir assouvir ses instincts. Il s'allongea sur le matelas faisant office de lit, ferma les yeux et tâcha de penser à un moment heureux de sa vie.

Ses songes le postèrent dans le parc verdoyant qui se situait devant la maison où il habitait avec ses parents. Il jouait avec Conchita, sa petite chienne. Il l'adorait. Elle était douce, intelligente et s'amusait à rapporter le bâton qu'il lui lançait. Un soleil radieux trônait dans le ciel. C'était une journée agréable. Sa maman, toujours prévenante, avait jeté un coup d'œil par la fenêtre du salon. Quand il s'en était aperçu, il avait embrassé la paume de sa main avant de souffler un bisou en direction de sa mère. Elle était la meilleure des mamans.

Soudain, sans comprendre pourquoi, Conchita s'était mise à trotter vers la maison, mais n'eut pas l'occasion de parvenir au portail. Un coup de klaxon avait déchiré la quiétude de la scène. Conchita n'avait pas eu le temps d'éviter la voiture qui dévalait la chaussée à toute allure. Il avait été désespéré. Il avait perdu sa chienne, sa meilleure amie. Sa maman était accourue vers l'animal. Il était trop tard, Conchita était morte sur le coup.

Elle l'avait prise dans ses bras, l'avait serrée contre elle, avait laissé échapper un sanglot, pendant que la conductrice se confondait en excuses. Le temps s'était figé. Tout semblait tourner au ralenti. Il avait hurlé de chagrin, annonçant que cette meurtrière allait le payer ! Bien entendu, à six ans, on ne mesure pas l'ampleur de ses mots.

Cet épisode l'avait marqué pour le reste de sa vie. Il s'était renfermé sur lui-même, se cloîtrant dans une solitude opaque et obscure dont il n'était jamais sorti. Il refusait de dialoguer avec les autres enfants et discutait peu avec ses parents. Mais par-dessus tout, il ne supportait pas la vue du nouveau chien qu'il avait reçu pour ses sept ans. *Aucun chien ne peut remplacer Conchita, j'en veux pas de celui-là*, avait-il aboyé, avant de courir s'enfermer dans sa chambre.

Ses parents s'étaient résolus à consulter un pédopsychiatre. Et il en avait vu cinq… tous incompétents. Il était parvenu à les leurrer les uns après les autres. Il savait ce qu'il devait dire ou faire pour éviter l'internement. Comme beaucoup d'enfants introvertis, il était très malin et parvenait à déjouer les plans de ses parents. Ces traîtres étaient aussi contre lui !

À son réveil, il se leva, il fit les cent pas, avant de plonger son esprit dans ce magazine idiot que lui avait apporté l'infirmière de nuit. Un de ces torchons que les gens moyens ingéraient à longueur de temps, allant de rumeur en rumeur et de connerie en connerie. Mais, après un sommeil agité, ces articles lui faisaient du bien.

Vers dix-huit heures, on frappa au hublot, annonçant qu'il devait se mettre au fond de la pièce et s'attacher le poignet pour recevoir sa pitance. Mais cette fois, il ne bougea pas. L'infirmière réitéra son geste en précisant ce qu'il devait faire s'il voulait manger.

Silence. Paralysie.

D'un geste soudain, il se leva, empoigna le magazine et le jeta en direction de la porte avant de hurler : « Va-t'en, je n'ai pas faim ! Je te déteste ! J'en ai ma claque d'être ici ! Je suis en train de moisir à cause de cette salope qui m'a fait enfermer ! » Il se frappa le visage à deux mains, s'arracha les cheveux, pendant que l'infirmière le menaçait de revenir avec un puissant calmant. Il lui rétorqua qu'il n'en avait cure et que, de toute façon, il voulait mourir. Il donna un coup de pied au matelas, le prit avant de le lancer à travers sa minuscule chambre. Il fonça vers la porte, la tête la première, la frappant encore et encore. Il voulait visiblement en finir, mais ce fichu rembourrage l'en empêchait.

– Reculez, M. Concerto. Vous entendez ? Allez tout de suite de l'autre côté, c'est un ordre.

Le patient se mit dos à la porte, avant de se laisser glisser. Il sanglotait. Il crut entrevoir une feuille de papier par terre. Elle devait se trouver sous le matelas. D'où sortait-elle ? Il sécha ses larmes du revers de sa main avant de se diriger vers ce qui semblait être une lettre. Il n'eut pas le temps d'en commencer la lecture qu'une piqûre se fit sentir dans sa nuque. Il s'écroula comme un amas de chair sans vie.

13

Les irritations lui dévoraient la peau. Clara se réveilla en se grattant les bras, le visage. Ses plaies la broyaient. Cet endroit devait être infesté de puces qui se délectaient jour et nuit. Elle n'en pouvait plus. Sa peau douce et belle s'était transformée en papier sec qui se déchirait au moindre mouvement. Elle avait besoin de soins. La douleur se faisait perfide à mesure que les jours passaient.

Ce matin-là, les deux hommes habituels n'étaient pas présents. Sa gamelle avait été déposée par quelqu'un d'autre, un homme plus jeune et moins abrupt. Elle tenterait de lui parler. Il fallait qu'elle profite de l'absence des autres pour obtenir des soins. Une douche, du savon, de l'alcool désinfectant et peut-être des pansements. Clara joignit les mains, croisa les doigts et dit une prière à voix basse. Elle qui était athée s'était surprise à s'adresser à Dieu depuis son incarcération. Si une force divine l'entendait, elle sortirait forcément de ce pétrin. Il ne pouvait en être autrement.

Le repas de la mi-journée n'allait pas tarder. Elle passa ses mains dans sa chevelure collante et ébouriffée, tentant d'y remettre un peu d'ordre. Elle nourrissait l'espoir fou de charmer le jeune gardien ou du moins de l'amadouer… En attendant, elle prit son carnet et son stylo : les deux seuls objets qu'elle avait pu conserver. De sa main droite douloureuse, elle inscrivit quelques phrases dans ce qui était devenu son confident. Elle y racontait sa vie, ses impressions, ses craintes et ses souffrances physiques depuis sa capture. Ce qui s'était passé avant demeurait flou.

On frappa sur les barreaux de sa cellule. Le jeune garde tenait un plateau sur lequel se trouvaient un bol de soupe, du pain sec, un verre d'eau (qui semblait propre, pour une fois) et une pomme. Suivant le protocole, la jeune femme se dirigea vers le fond de la cellule. Le garde ouvrit la porte sans la quitter des yeux et posa le plateau à même le sol avant de refermer la porte à l'aide d'une énorme clef. Clara prit le plateau. Elle n'en revenait pas. C'était la première fois qu'on lui offrait un repas presque équilibré.

La détenue avala chaque aliment avec délectation. C'était un repas gastronomique. Elle espérait que les autres brutes restent loin d'elle le plus longtemps possible. Lorsqu'elle eut fini, elle s'installa sur la cuvette, qui lui servit de chaise cette fois. Elle ferma les yeux et s'imagina assise sur un banc du parc où elle et Françoise se promenaient pour se vider la tête. Elle sourit. Elle aurait voulu s'allonger sur un lit propre pour faire une sieste. Mais dans sa cellule, seul un matelas répugnant de saleté s'offrait à son regard.

Lorsque le gardien vint reprendre le plateau :

– Merci, dit-elle lentement, comme si elle craignait la réaction de l'homme.

– De rien. Nous ne sommes pas censés parler, lui rappela-t-il avec calme.

– Je sais. Mais regardez-moi, je suis dans un état pitoyable. Je suis ici depuis des semaines, sans savoir pourquoi exactement. Je vous remercie parce que c'est le premier repas normal que j'aie reçu. J'ai été nourrie à l'eau croupie et au pain sec.

– Qu'attendez-vous de moi ? Pourquoi me dites-vous tout ça ?

– J'aurais une requête… si je peux me permettre. Je n'ignore pas que je suis prisonnière, mais je suis dévorée par les insectes qui fourmillent dans cet endroit infect. Je n'ai pas pu prendre de douche depuis des siècles et ma peau est rongée par je ne sais quelle saloperie.

– Je ne peux rien faire, rétorqua-t-il.

– S'il vous plaît, je ne demande pas grand-chose, je voudrais simplement pouvoir me laver. Je vous en prie, je ne suis pas une mauvaise personne. Je me tiens à carreau depuis que je suis ici.

Le jeune se gratta le crâne, embarrassé. Au fond de lui, il aurait voulu aider cette femme, la soigner, voire l'aider à fuir. Mais les ordres étaient les ordres. Il devait obéir. Sa conscience lui déchirait l'esprit. Que devait-il faire ? Suivre sa raison ou les ordres ? Clara vit dans son regard de la compassion. Il allait craquer. Elle lui expliqua qu'elle n'avait aucune mauvaise intention. Elle ne comptait pas s'échapper. Elle désirait simplement se laver et désinfecter ses plaies. Il finit par lui présenter ses excuses, fit demi-tour et l'abandonna dans un désarroi écrasant. Des larmes se mirent à sourdre. Elle s'endormit finalement, allongée sur ce matelas envahi par les acariens et les puces.

De son côté, le jeune garde s'enferma dans son bureau, où il fit une sieste sur le canapé de cuir qui se trouvait sous la fenêtre. Son repos fut de courte durée, ses pensées étaient hantées par le visage de cette pauvre femme. Qu'avait-elle fait pour mériter ce sort ? Il aurait aimé agir, mais comment s'y prendre ? *Ils t'ont demandé de la surveiller, de la nourrir et de ne pas lui parler. Ils n'ont pas mentionné les soins. Mais si un ordre n'est pas donné explicitement, on n'y désobéit pas !* Son inconscient ne cessait de l'interroger. Il se tourna, se retourna, se mit debout, s'installa de nouveau. La sieste se transforma en cauchemar.

14

Installé sur une chaise, Charles but la dernière goutte de whisky. Il ne parvenait pas à chasser le souvenir de ses parents. Ils avaient été si courageux, il aurait voulu être comme eux. Aujourd'hui, il était orphelin, il ne lui restait que Rose et leur fils sans qui sa vie ne signifiait rien.

Ses parents et lui avaient dû abandonner leurs terres, leur maison et leurs richesses pour migrer vers le nord du pays. Le niveau de la mer avait tellement monté qu'ils avaient été contraints de fuir. À l'école déjà, ses professeurs de sciences avaient mis en garde toute la classe face aux conséquences du réchauffement climatique. À l'époque, personne ne prêtait attention à ce qu'ils racontaient. Pourtant, une vingtaine d'années plus tard, les habitants de la côte avaient dû se faire une raison : il leur fallait quitter ces terres s'ils voulaient survivre.

Papa, maman, si seulement vous saviez qu'aujourd'hui c'est pour une tout autre raison que je prévois de fuir… je dois échapper au temps qui passe, à mon âge.

Il se leva, se dirigea vers le lit et se coucha pour se reposer un peu. Cette fois, les rêves furent indulgents. Il ne se réveilla qu'au petit matin.

15

Le jeune garde se leva, prit le chemin de la sortie et alluma une cigarette. Le ciel se couvrait, l'orage annoncé n'allait pas tarder à s'abattre sur la ville. Il repensa à Clara, ne parvenant pas à se défaire de cette image pathétique. Il aspira une dernière bouffée de fumée et retourna à l'intérieur.

Clara, de son côté, gesticulait dans tous les sens, ses bras balayaient l'air de sa cellule. Ils semblaient chasser Dieu sait quel danger. Elle finit par se réveiller dans un soubresaut, sans aucun souvenir de ce qui l'avait tant agitée pendant son sommeil.

Le jeune gardien était là, debout. Il observait la scène en silence. Clara ne s'aperçut pas de sa présence. Il fit un pas vers la porte de la cellule. Elle ne broncha pas. Il introduisit une clef dans la serrure.

– Restez calme, je ne vous ferai pas de mal, rassura-t-il.

– Qu'est-ce que vous faites ? répondit-elle en voyant qu'il s'apprêtait à la saisir par le bras pour l'aider à se mettre sur ses pieds.

– Vous avez demandé une douche et des soins, non ?

Le visage de Clara laissa transparaître sa reconnaissance et son soulagement. Elle se laissa guider à travers de longs couloirs qui semblaient mener tout droit aux ténèbres.

– Pourquoi faites-vous ça ? Les autres sont de véritables brutes.

– Je ne suis pas comme eux. Si quelqu'un a commis un délit, il doit payer, mais on ne peut lui retirer sa dignité. Je ne sais pas de quoi vous êtes accusée, mais je ne tolère aucune mort à petit feu, dit-il avec sincérité.

– Merci, répondit-elle.

Ils arrivèrent devant une porte verrouillée. Le jeune garde dut essayer chaque clef du trousseau, pour finalement trouver celle qui ouvrait les voies de la propreté que Clara espérait tant. Le grincement des gonds assaillit les tympans de la détenue, accoutumés à la solitude silencieuse qu'elle connaissait depuis des semaines. Elle grimaça.

Une lumière blanche et agressive s'alluma dès leur entrée dans la pièce. Plissant les yeux, Clara observa la rangée de douches qui se dressait devant elle. Le moment était venu, elle allait enfin pouvoir faire sa toilette. Elle trépignait d'une impatience chargée d'appréhension : l'eau sur les plaies risquait de la faire souffrir.

– Je vous laisse. Vous avez quinze minutes. Je vais voir si je ne trouve pas une tenue propre et… entière, annonça-t-il en désignant les résidus de vêtements qu'elle portait.

– Merci. Vous n'imaginez pas combien je suis heureuse. Elle baissa la tête en signe de reconnaissance.

– Vous trouverez du savon liquide et une serviette dans le placard à côté de la porte. À tout à l'heure.

Enfin seule, Clara ôta ce qui lui restait de tissus sur le corps. Les crevasses suintantes la faisaient tellement souffrir qu'elle craignait ce moment tant souhaité : sentir l'eau chaude lui caresser le corps.

Elle se dirigea vers le placard et l'ouvrit. Avant de se diriger vers une douche, Clara saisit un flacon de savon liquide presque vide et une serviette qui sentait le moisi. Tant pis, au point où elle en était…

Le jet d'eau chaude lui lacéra la peau, elle laissa échapper un cri de douleur. Elle fit mousser ses cheveux et savonna ensuite son corps meurtri, en prenant soin de bien frotter pour retirer toute la saleté incrustée. La jeune femme était au bord de l'évanouissement, tant elle avait mal. Le rinçage fut à peine plus agréable.

Elle coupa l'eau, sortit de la douche, se sécha en se tamponnant. À peine avait-elle enroulé son corps dans la serviette que Clara perdit connaissance. Elle s'abattit de tout son être sur le sol humide et froid…

Mesdames et Messieurs, bonsoir.

Un coup d'œil rapide sur les programmes à venir. Dans quelques minutes, vous retrouverez Catherine et ses prévisions météo suivies du « 20 heures ».

Ensuite, « Parents, mode d'emploi », un peu d'humour, cela fait du bien.

À 20 h 55, « Prison ou liberté ? » Notre candidate est bien plus tenace que le candidat précédent. Je m'adresse plus particulièrement à vous, messieurs, méfiez-vous des femmes, elles sont bien plus courageuses que vous ne le pensez.

Et pour terminer la soirée, « NCIS », le dernier épisode de la saison. Dès demain, nous vous proposerons une série inédite.

Je vous souhaite une belle soirée. À demain, avec plaisir.

16

Allongée sur le lit de cette chambre bien trop vide, Françoise humait l'agréable brise qui s'immisçait par l'entrebâillement de la fenêtre. La journée avait été caniculaire, elle jouissait enfin d'un peu d'air frais. Elle était criblée de fatigue. Elle avait passé la journée à courir dans tous les sens pour aider ses collègues à l'hôpital. Elle avait sauvé la vie de plusieurs personnes qui ne comprenaient pas sa langue. Elle avait quitté le centre hospitalier, satisfaite.

Pourtant, ce soir-là, elle sentit l'impuissance la transpercer. Elle pensait à Clara : elle passait son temps à venir en aide à des inconnus, mais avait été incapable de retrouver son amie. L'ambassade ne semblait pas s'inquiéter outre mesure. *Des médecins et des journalistes, il en disparaît tous les jours*, avait-on froidement rétorqué aux insistances de Françoise.

Pour la première fois, elle se dit que René, son mari avait peut-être raison. Elle devrait rentrer et s'occuper de sa famille. De plus, ensemble, elle et son mari parviendraient sans doute à obtenir quelque chose des autorités nationales. Une grimace pinça les commissures de ses lèvres. Elle doutait. Elle ne savait plus que faire. Clara était une consœur et amie, il fallait la retrouver au plus vite. Elle se gratta le front comme pour mieux réfléchir. Que faire ?

Le téléphone sonna. Elle écrasa un bâillement et décrocha nonchalamment le combiné. En réponse à son *allô* laconique, elle eut droit à un déferlement de phrases incompréhensibles entrecoupées de sanglots. Il était arrivé quelque chose. Elle ne comprenait pas ce que sa belle-mère lui racontait. Françoise tenta de la calmer. Rien n'y fit. Elle dut hurler pour que la voix geignarde cessât sa complainte. Elle réclama de recommencer depuis le début. La ligne était de mauvaise qualité.

Françoise avait le cœur qui battait à tout rompre, elle avait très bien saisi que quelque chose était arrivé à René. Sa belle-mère tenta de garder son calme, reprit son souffle et lâcha : « Rentre tout de suite à la maison. Ton mari et ta fille ont besoin de toi. Ils ont eu un accident. On ne sait pas s'ils vont s'en sortir. » Ces mots déconcertèrent Françoise qui lâcha le combiné et manqua de perdre connaissance. La pièce se mit à tourner. Le sol se dérobait sous ses pieds.

Sans réfléchir, elle rassembla ses affaires, les lança dans une valise, s'assura que son passeport était bien dans son sac à main et dévala les escaliers jusqu'à la réception. Les yeux noyés de larmes, elle procéda au *check out* et demanda qu'on appelle un taxi. Elle devait se rendre d'urgence chez elle. Elle griffonna quelques mots sur un bout de papier qu'elle tendit au réceptionniste, lui demandant de transmettre ce message à Clara si elle rentrait…

Une fois dans le taxi, elle expliqua la situation au conducteur et le pria de faire au plus vite. Le véhicule dévala les chaussées de la ville à toute vitesse. Il serpenta entre les voitures, manquant de renverser des passants. Françoise haletait, redoutant ce qui l'attendait. Les mains tremblantes, elle saisit son portable dans son sac à main. Dans la précipitation, le téléphone lui glissa des doigts. *Merde !* Le chauffeur jeta un coup d'œil rapide dans son rétroviseur. Sa cliente était baissée, la tête entre les genoux et un bras sous le siège avant.

– Tout va bien, madame ?

– Mon iPhone est tombé, dit-elle d'une voix étouffée.

À tâtons, elle finit par attraper le petit appareil et se rassit, le regard harponné par son écran. La page d'accueil du site de l'aéroport tarda à se charger. *Allez !* Si elle désirait réserver un billet de dernière minute, le temps lui était compté. Des larmes lui brouillèrent la vue alors qu'Internet refusait de fonctionner. Elle était tellement désolée, elle aurait dû être auprès de sa famille. Son mari avait raison, à force de se consacrer aux autres, elle avait tendance à négliger ses proches. La tête contre la vitre, ses yeux observaient le décor défiler à toute allure. Elle culpabilisait de ne pas être rentrée plus tôt.

Arrivée devant l'aéroport, elle régla le chauffeur de taxi avant de courir vers un terminal, priant *in petto* pour qu'il y reste une place dans l'avion à destination de son pays. Au comptoir, une hôtesse lui annonça qu'il y avait encore deux places, mais elle devrait attendre deux heures avant de pouvoir embarquer. Deux heures durant lesquelles elle fit les cent pas, tenta de lire un magazine, alla se cacher aux toilettes pour pleurer des larmes de sang et appeler sa belle-mère pour avoir des nouvelles. Sans succès.

Lorsque le moment d'embarquer fut annoncé. Françoise se mit à trembler. Tout son être frissonnait. Elle présenta sa carte d'embarquement et se dirigea vers le tarmac. Le temps semblait s'être figé. Elle mit une éternité à se retrouver assise dans l'avion.

17

Lorsqu'il sortit des griffes anesthésiantes du liquide qu'on lui avait injecté, M. Concerto avait les pieds et les poignets liés. Il flottait dans les airs. Le produit utilisé devait être très puissant. Aussi étrange que cela puisse paraître, il appréciait cette sensation. Il avait une impression de liberté. Les paupières lourdes, il avait du mal à les maintenir ouvertes. Il tenta de bouger, mais la sangle le serrait davantage à chaque tentative. Il savait qu'on ne viendrait pas le détacher avant le jour suivant. Son estomac hurlait de faim, mais il devrait attendre plusieurs heures encore.

M. Concerto fut arraché à son état soporifique par des paroles légères et furtives qui se mirent à chuchoter. Elles étaient inintelligibles, mais il put percevoir de l'agitation, de la méchanceté et des craintes. Il voulut plaquer ses mains sur ses oreilles, mais cette maudite sangle l'en empêchait. Il poussa un grognement frustré. Son estomac continuait à le tirailler de plus belle : la faim mêlée à l'angoisse ne faisait pas bon ménage. Il aurait voulu trouver un sens à ces voix. Qui parlait ? Et pourquoi ? Que voulaient-elles lui communiquer ? Il plissa les yeux pour mieux se concentrer sur ce qu'il entendait. En vain. Il ne parvenait pas à distinguer les palabres qui se glissaient en lui.

« Vos gueules ! Je ne veux plus vous entendre ! Qu'est-ce que vous voulez ? » Son hurlement se répercuta dans toute la pièce. Une larme glissa le long de sa joue, puis une deuxième. Il repensa à sa femme, se demandant comment elle avait pu le placer dans un endroit aussi sinistre. Il n'était plus qu'un animal, à cause d'elle.

M. Concerto l'avait rencontrée lorsqu'il n'était qu'adolescent. À cette époque, il était étudiant en ingénierie. Elle était la sœur de l'un de ses amis. Il devait avoir une vingtaine d'années, elle, quinze.

Lorsqu'il l'avait aperçue pour la première fois, il avait été charmé par son élégance et sa prestance. En temps normal, une fille de cet âge ne dégage pas autant de force de séduction, avait-il alors pensé. Sa longue chevelure ébène l'avait rendu fou de désir. Un soir, il tenta une approche. Bien entendu, le frère s'était mis en travers de son chemin, mais l'amour fut plus fort que tous les qu'en-dira-t-on de la Terre.

Trois ans plus tard, M. Concerto et Arielle se disaient *oui* pour la vie. Les premières années de vie commune avaient été presque parfaites. À ce moment-là, aucun chuchotement ne s'introduisait dans la tête de monsieur. Ce ne fut que quelques années plus tard que la situation se dégrada. Il se mit à envier les autres avant de leur vouer une haine profonde. Il mit tout en œuvre pour que sa femme perde tout contact avec le reste de sa famille. Il finit par l'isoler. Ironie du sort, c'était lui, aujourd'hui, qui l'était. Au début, Arielle n'avait pas cerné le monstre qui sommeillait en lui. Par amour, elle obéissait sans réfléchir.

À plusieurs reprises, il l'avait rabaissée devant ses proches. Elle ne cuisinait pas assez bien, elle ne comprenait jamais rien, elle ne le méritait pas. Plus tard, il avait failli se brouiller avec sa propre famille qui était lasse des discordes qu'il se plaisait à semer. Un jour de Noël, il avait été mis à la porte par son père qui ne supportait plus son comportement odieux.

Arielle avait dû se résigner à le faire interner afin qu'il guérisse de ses maux. Elle désirait tant retrouver le garçon adorable qu'elle avait rencontré. Bien sûr, il ne comprenait pas cette décision et était fou de rage contre sa femme. Elle était venue le voir deux fois en sept mois. La première visite avait secoué Arielle.

M. Concerto avait été gavé de calmants si bien qu'il lui avait semblé complètement drogué. Elle avait tenté de lui expliquer les raisons qui l'avaient poussée à entreprendre cette difficile démarche. En vain. Son mari était ailleurs. Elle lui avait tendu une lettre qu'il avait prise sans même s'en rendre compte. La lirait-il ? Elle n'en savait rien. Vu son état, il devait en être incapable. Elle l'avait embrassé, les yeux débordants de larmes. Un poignard aurait pénétré sa chair qu'elle n'aurait pas souffert autant.

La seconde rencontre fut bien plus mouvementée. M. Concerto avait passé son temps à la traiter de tous les noms. Les calmants ne lui avaient pas été administrés… Il la détestait de l'avoir fait enfermer. Elle le paierait un jour. Elle n'était qu'une garce qui s'était débarrassée de lui pour mener sa vie seule. Arielle avait tenté de s'expliquer, mais il avait refusé de l'écouter. Qu'elle crève lui procurerait une divine délectation. Il était impatient de sortir de ce trou pour s'occuper personnellement de son cas. Elle lui avait demandé ce qu'il en était de la lettre. Il ne savait pas de quoi elle parlait. Il n'avait aucune lettre et, de toute façon, il s'en fichait. Il ne s'intéressait pas à son histoire.

Désemparée, Arielle avait fini par se lever et le saluer. Elle lui avait présenté ses excuses avant de lui assurer qu'un jour il comprendrait :

« Lorsque le traitement arrivera à sa fin, que les ombres tapies en toi auront disparu, tu te rendras compte qu'en te plaçant ici je ne voulais que ton bien. » Elle fit volte-face et quitta la salle à pas rapides.

Ses yeux le brûlaient. Il aurait tant aimé que quelqu'un vienne lui rendre visite. N'y avait-il donc personne qui se souciait de son sort ? Tout le monde semblait l'avoir abandonné. Tous étaient contre lui. Lui, qui n'était que la victime de cet abominable complot visant à l'éloigner. Il ferma les paupières, espérant qu'à son réveil on l'aurait détaché.

Ses songes le ramenèrent quelque sept mois auparavant. Le jour où il avait été capturé comme une bête sauvage. Ce matin-là, il s'était levé à sept heures, comme d'habitude, pour se rendre au travail. Il avait suivi son rituel matinal à la lettre : petit-déjeuner, cigarette, toilettes et douche. Il était passé plusieurs fois par le vestibule, où la petite valise dans le coin à côté de la porte ne l'avait pas interpellé.

À peine avait-il quitté la salle de bains que la porte d'entrée s'était fait entendre. Arielle avait dû sortir les poubelles. Il était de bonne humeur. Il fredonnait tout en s'habillant. Fin prêt, il avait dévalé l'escalier qui donnait sur la porte d'entrée ; mais sa course avait été stoppée net par deux hommes costauds en blouse blanche. Le regard triste, sa femme avait prononcé un « *pardonne-moi* » inaudible.

M. Concerto n'avait pas eu le temps de demander qui étaient ces hommes qui l'avaient attrapé, affublé d'une camisole avant de le forcer à quitter la maison pour s'engouffrer dans une fourgonnette blanche. Dans l'action, il n'avait pas eu le temps de lire le nom de l'institution placardé sur la portière du véhicule.

À maintes reprises, il avait demandé pourquoi Arielle les avait laissés l'emmener. Était-elle l'instigatrice de cet enlèvement ? Pour quelles raisons ? De son côté, l'épouse étouffait un sanglot de la main. Elle s'en voulait, mais n'avait pas eu d'alternative. Il était allé trop loin cette fois. Il avait fait trop de mal. Il comprendrait qu'elle n'avait pas le choix, elle en était sûre.

M. Concerto se rappelait sans cesse le moment où il avait été jeté dans cette chambre d'isolement. Jusqu'à ce jour, il ne comprenait toujours pas ce qu'il avait bien pu faire pour mériter pareil sort. Sa femme devait avoir un amant et avait ainsi trouvé le moyen de l'éloigner. Il était la victime d'une machination. Toute la nuit, il fit le même songe. Jusqu'au lendemain matin lorsque quelqu'un vint enfin le délivrer pour le petit-déjeuner. Ses poignets étaient bleutés, conséquence de son agitation de la veille. Chaque gorgée avalée lui tiraillait la gorge. Il n'avait ni bu ni mangé depuis vingt-quatre heures et il en ressentait les effets.

18

Clara ouvrit les yeux. Elle ne s'était jusqu'alors jamais trouvée dans cet endroit. Pour la première fois en sept semaines, elle fut éblouie par l'intensité de la lumière dans laquelle baignait la salle. Ses yeux mirent du temps à s'accoutumer à la clarté qui les agressait. Elle se mit en position assise. Tout en plissant les yeux, elle scruta la pièce. Celle-ci était d'une propreté chirurgicale. Pas un insecte, pas un grain de poussière, rien. Seulement un lit d'hôpital, un placard en métal et une table sur laquelle toutes sortes de produits chimiques ainsi que des instruments chirurgicaux gisaient.

Elle tenta de rassembler ses esprits. Elle se passa la main sur le visage pour réfléchir. Comment était-elle arrivée là ? Le dernier souvenir la renvoya sous la douche entre soulagement et affliction. Elle s'analysa. Elle portait une tunique blanche rayée de bleu, propre et trop large. Elle s'observa de plus près. Ses plaies avaient toutes été pansées. Quelqu'un avait dû prendre soin d'elle. Ce devait être ce jeune garde. Il avait été si compatissant.

Soudain, les ombres qui peuplaient ses pensées se dissipèrent. Clara s'était évanouie au sortir de la douche. Le garde avait dû la trouver allongée nue par terre. Elle sentit une bouffée de chaleur envahir son visage, empourprant ses joues. *Ce gars m'a vue nue, il a pris soin de moi, m'a emmenée ici. Il a été si gentil.* C'était trop beau pour être vrai, les autres ne tarderaient pas à revenir et à lui faire payer ce moment de répit.

Un bruit métallique la fit sursauter. Le son caractéristique que produit une clef introduite dans une serrure. D'un coup d'œil rapide, elle balaya la salle, il fallait qu'elle trouve une cachette. Ils étaient revenus. Ils allaient la remettre dans sa maudite cellule. Aux aguets, elle se mit debout. Mais à peine était-elle parvenue au placard que la porte claquait. Son cœur cessa de battre. Une goutte de sueur glaciale coula le long de son cou. Elle se figea, redoutant les pas qui s'approchaient inexorablement d'elle.

En silence, une main se posa sur son épaule droite. Elle aurait voulu s'en défaire, mais son corps ne semblait plus répondre. Sa respiration s'accéléra, on aurait dit un chien assoiffé.

– Vous allez mieux ? demanda le jeune gardien.

Clara poussa un soupir de soulagement. Elle se tourna vers lui.

– Oui, merci. Je sais que vous prenez des risques pour moi…

– Ne vous inquiétez pas pour ça. Je gère la situation. Les autres ne reviendront pas avant plusieurs jours. Vous pourrez dormir ici jusqu'à leur retour.

– Merci…

– Je voudrais pouvoir en faire davantage, avoua-t-il en détournant le regard.

Au fond, il désirait plus que tout lui venir en aide, il ne savait pas pourquoi, mais sentait qu'il devait faire quelque chose. En temps normal, il gardait la tête froide et obéissait aux ordres de ses supérieurs. Mais cette fois, il avait le sentiment d'une injustice. Le gargouillis de l'estomac de Clara se fit entendre. Le gardien sourit avant de lâcher :

– Je reviens avec un peu de nourriture.

– Attendez, s'il vous plaît. L'homme se retourna.

– Comment vous appelez-vous ?

Il hésita un bref instant avant de répondre :

– Bob.

– Bob… répéta Clara. Merci, Bob. Ce dernier referma la porte.

En attendant le retour de son sauveur, Clara se promena dans sa chambre transitoire. Elle leva les bras en direction du placard pour l'ouvrir. Sans succès. Il était à l'évidence fermé à clef. Elle ne voulait aucun mal à son sauveur et entendait suivre ses instructions : rester là et retourner dans son trou dès le retour des autres salopards. Toutefois, elle comptait bien mettre la main sur tout ce qui pourrait l'aider… au cas où. Sur la table, un flacon d'alcool attira son attention. Elle s'en empara et l'introduisit dans sa poche. Elle regarda sous la table, un tiroir à moitié ouvert était suspendu. Elle tira dessus, mais n'eut pas le temps de découvrir ce qui s'y dissimulait.

– Qu'est-ce que vous cherchez ?

La voix de Bob la poignarda en plein ventre. Elle lâcha un *rien* étriqué, à peine audible.

Il posa le plateau sur la table, installa une chaise et invita Clara à s'asseoir. Elle lui demanda de rester auprès d'elle. Ils pourraient peut-être partager ce repas ? Malgré sa réticence, il finit par accepter. Vu la gentillesse de cet homme, il fallait qu'elle tente de lui soutirer des informations sur sa situation. Ils mangèrent en silence mais, une fois la dernière bouchée avalée, Clara entama la conversation.

Elle voulait savoir pourquoi on l'avait enfermée. Elle avait beau y réfléchir, un gouffre s'était formé dans sa mémoire. Bob comprenait sa frustration. Lui-même l'ignorait. Il n'était qu'un garde qui suivait les ordres. On ne lui donnait aucun détail quant à l'histoire des détenus. Clara haussa les épaules de dépit. Il devait bien avoir quelques informations la concernant. Il ne pouvait en être autrement ! Le garde expliqua qu'il n'allait pas tarder à la quitter. Elle n'était pas l'unique détenue et il devait encore s'occuper de donner à manger aux autres. Il prit le plateau et se retira. Le même son métallique se fit entendre. Un frisson glacial hérissa chaque poil du corps de Clara. Elle demeura cloîtrée à nouveau. Cette fois, elle était contente d'être seule. Elle allait pouvoir élaborer un plan dans le but de s'évader.

19

Rose venait de quitter l'épicerie qui se trouvait au bout de la rue, à une centaine de mètres de la maison. Un sachet en plastique plein de provisions à la main, elle avançait d'un pas pressé, redoutant de croiser un policier et de perdre ses moyens. Elle avait le cerveau obstrué de doutes. Elle se demandait ce que Charles comptait faire. Allait-il accepter l'opération ? Finirait-elle par se retrouver seule ? Elle secoua la tête pour chasser cette idée. L'épicerie ne se situait pas très loin de sa maison mais, depuis que Charles était enfermé, la distance lui semblait décuplée. Elle regardait droit devant elle, évitant de rencontrer le regard de qui que ce soit. À plusieurs reprises Rose se sentit observée par ceux qui croisaient son chemin. Tous semblaient la scruter d'un regard menaçant. Heureusement, la menace était imaginaire. Elle finit par se détendre, mais demeura sur ses gardes.

Lorsqu'elle aperçut sa maison, elle ralentit le pas. Sa respiration s'accéléra. Soudain, un poids vint écraser ses poumons. Son cœur sembla s'arrêter.

Mon Dieu, lâcha-t-elle à voix basse. Elle avait deux possibilités : continuer normalement son chemin et affronter les policiers qui attendaient devant la porte d'entrée ou se cacher en espérant qu'ils ne défonceraient pas la porte. *Pourvu qu'ils rebroussent chemin.* Elle tenta de s'avancer. Elle baissa la tête et marcha vers son domicile. À mesure qu'elle s'approchait de ce qui était devenu la prison de Charles, son pouls tambourinait dans ses tempes. *Plus qu'une dizaine de mètres.* Des gouttes de sueur transpercèrent sa robe de coton. *Dix mètres…*

Une bourrasque fit tourbillonner des feuilles mortes. Des nuages chargés de pluie arrivaient de l'est. Rose frissonna. Le sachet en plastique glissa, tant ses mains étaient moites. *Mince !* Elle n'était plus qu'à cinq mètres de la maison. Le temps semblait s'étirer à l'infini.

Elle se baissa pour ramasser ses courses. Ses mains ne répondaient plus correctement tant elle était nerveuse. *C'est malin, tu ne pouvais pas faire attention*, se réprimanda-t-elle. Elle se releva, prit une profonde inspiration et poursuivit sa pénible marche.

Rose n'était plus qu'à quelques pas, sa fréquence cardiaque s'apaisa. Elle se rendit compte que la police n'avait pas sonné chez elle, mais juste à côté. D'après leurs dires, ces hommes recherchaient ses voisins. Soulagée, elle introduisit la clef dans la serrure. Mais elle n'eut pas le temps d'entrer chez elle. Un des policiers l'interpella. Le sang de Rose se figea aussitôt dans ses veines.

– Madame, s'il vous plaît ?

– Oui, répondit-elle d'une voix déformée par l'inquiétude.

– Nous recherchons les personnes qui habitent ici. Sauriez-vous, par hasard, où vos voisins se trouvent ?

– Euh… non. Je suppose qu'ils sont au travail, ils ne rentrent jamais avant vingt et une heures, dit-elle, rassérénée.

– Merci, bonne journée.

Rose entra chez elle en poussant un soupir de soulagement. Elle avait eu chaud… très chaud. Pendant quelques instants, elle ne vit rien d'autre que les ténèbres. Profond soupir. Enfin en sécurité. Sortir était toujours éprouvant pour elle. Mais les cieux étaient visiblement de son côté. Elle demeura adossée à la porte un long moment. Elle se rendit ensuite dans la cuisine pour ranger ses provisions. Elle saisit un pot de confiture de figues, ouvrit le réfrigérateur, mais c'est un fracas qui résonna dans la pièce. Le pot de confiture venait de lui échapper des mains. Rose demeura figée. La bouche grande ouverte. Ses mains devinrent glaciales, son teint blafard. La vieille dame eut l'impression qu'un énorme coup de poing s'était abattu sur sa poitrine. Un silence insoutenable régna soudain. Le temps semblait figé. Seuls les *tic-tac* inlassables de l'horloge lui rappelaient qu'il se prolongeait à l'infini.

Devant elle se tenait un jeune homme. Il se contentait de la fixer droit dans les yeux, le sourire narquois. Il n'avait pas l'air dangereux. Rose finit par reprendre ses esprits et articula en balbutiant :

– Qui êtes-vous et que faites-vous chez moi ?

Elle aurait voulu que les battements de son cœur cessent de résonner dans tout son corps. L'homme demeurait silencieux. *Réagis ! Ne reste pas plantée là comme une cruche. Il y a un intrus dans ta maison.* Rose voulut s'enfuir, mais resta figée. Son être tout entier semblait paralysé. *Mais bouge !* Impossible.

L'intrus éclata de rire.

– Tu veux t'enfuir, hein ? Tu ne parviens pas à bouger, je sais. Vous êtes tous tellement idiots. Tant que je serai vivant, tu ne pourras pas t'échapper.

Un rire qui glace le sang s'échappa de la gorge de l'homme.

Je connais ce visage ! Rose, toujours pétrifiée, fut traversée par toute une série de questions. Elle avait beau se concentrer, sa mémoire restait floue.

À l'extérieur, le ciel s'était assombri. Le crépuscule pointait à l'horizon. Un éclair transperça les nuages menaçants. Le tonnerre explosa, faisant vibrer les fenêtres de la pièce, ce qui ramena Rose à la réalité. Face au réfrigérateur, elle tenait un pot de confiture à la main. Dans un réflexe de survie, elle se tourna subitement. Seule la solitude lui tenait compagnie.

Tu deviens sénile, ma vieille, ironisa-t-elle pour se rassurer.

Charles attendait son retour avec impatience. Rose, d'ordinaire si ponctuelle, était en retard. Cela ne lui ressemblait pas. Son livre de chevet mis de côté, le vieil homme faisait les cent pas dans sa prison. Il était inquiet. Il aurait voulu téléphoner à sa femme. Mais pour des raisons de sécurité, il valait mieux qu'il ne passe aucun coup de fil. Il ne fut rassuré qu'au moment où le claquement de la porte d'entrée résonna dans toute la maison. Elle était enfin rentrée. Il avait hâte de l'étreindre. Il alluma la télévision. Les infos ne tarderaient pas à commencer. Il s'attabla et observa les images d'un monde en pleine décrépitude en attendant que sa femme vienne le rejoindre pour déjeuner.

Une demi-heure plus tard, elle frappait à la porte avant de la déverrouiller. Elle posa le plateau sur la table. Charles coupa le son de la télévision, se leva et lui donna l'accolade. Il lui expliqua combien il s'était inquiété. Rose comprenait. Elle était désolée. Elle avait perdu du temps à cause des policiers qui étaient dehors. Charles eut un haut-le-cœur. Ils étaient donc venus ? Elle le rassura, lui contant ce qui s'était passé. Il s'apaisa.

Ils s'installèrent à table et partagèrent le plat que Rose venait de préparer. Comme chaque jour, ce moment était presque religieux. Un silence accablant s'installa. Tous deux déglutissaient avec difficulté. Ils savaient pertinemment que demain, c'était peut-être chez eux que les forces de l'ordre viendraient sonner. Durant tout le repas, chacun évita le regard de l'autre. Ce ne fut qu'à la dernière bouchée que Charles ouvrit la conversation, tentant d'apaiser l'atmosphère.

Mesdames, Messieurs, bonsoir.

Dans quelques instants, les prévisions météo suivies du « 20 heures ».

À 20 h 40, votre divertissement « Parents, mode d'emploi ».

Et à 20 h 55, « Prison ou liberté ? » Vous êtes de plus en plus nombreux à suivre les aventures de notre formidable candidate. Va-t-elle parvenir à déjouer les plans de ses bourreaux ? Jusqu'à présent, elle est celle qui est allée le plus loin dans le jeu.

Et pour finir notre soirée, deux nouveaux épisodes de votre série inédite « Bates Motel ». Norman devient de plus en plus étrange.

Je vous souhaite une merveilleuse soirée en notre compagnie et vous dis à demain, avec plaisir !

20

À bord de l'avion, Françoise tentait de garder son calme. L'angoisse habitait tout son être. Le magazine qu'elle feuilletait était déformé sous ses doigts crispés. Son mari et sa petite fille occupaient toute la place de ses pensées. Elle héla l'hôtesse et lui demanda un calmant. Il fallait qu'elle se repose un peu. Elle devait avoir les idées claires quand elle arriverait chez elle. Françoise plia le magazine en deux avant de le poser sur la minuscule tablette. D'un regard rapide, elle considéra les autres voyageurs. La scène était plutôt banale. Certains dormaient, d'autres regardaient des films, d'autres encore écoutaient de la musique.

Une personne l'intrigua. Elle lui était familière. Si Françoise avait une mémoire parfois défaillante, elle n'oubliait jamais un visage. Elle connaissait cet homme. Où l'avait-elle vu ? L'hôtesse approcha, lui tendit un comprimé et un verre d'eau. La remerciant, Françoise les posa sur sa tablette. Elle préférait attendre un peu avant d'avaler le médicament. La jeune femme réfléchissait à cet homme.

Bon sang, elle le connaissait, mais elle ne parvenait pas à le situer dans un contexte. Il devait avoir une cinquantaine d'années, de l'embonpoint et le visage strié de rides. Il ne l'avait pas remarquée. Il était trop plongé dans son film.

Elle finit par renoncer, prit son tranquillisant et s'enfonça dans son siège, les yeux clos. Le visage de Julie apparut dans les ténèbres. Ensuite, celui de son mari. Puis Clara. L'hôpital. Ses patients. Ces femmes qui fuyaient l'avortement forcé. Sa fille. Le passager dont la figure lui était familière fit une apparition également. Ils étaient tous pris dans un tourbillon. Elle les observait, incapable de faire quoi que ce soit.

Soudain, chacun d'entre eux fut aspiré par un gouffre. Seuls sa fille et le passager-dont-le-visage-lui-était-familier, furent recrachés par le tournoiement. Le décor se transforma sous ses yeux. Julie et l'homme se trouvaient dans une salle de classe. Il lui enseignait le pluriel des noms. Dans la pièce, il n'y avait aucun autre élève. La fillette était seule et semblait absorber les paroles du maître. Elle était hypnotisée par ce qu'elle écoutait.

À mesure qu'elle écrivait dans son cahier les règles dictées par le maître, celui-ci avançait vers elle à pas lents. Il jeta un œil aux phrases qu'elle dessinait avec soin. Lui signifiant son approbation, il caressa sa longue chevelure. Elle était son élève préférée et il était si fier d'elle. La main descendit plus bas, pour terminer sa course sur les petites fesses de l'enfant. Françoise ne parvenait pas à voir l'expression de la petite, elle lui tournait désormais le dos. L'homme finit par lui demander de se lever. Elle obtempéra.

Elle lui faisait face. Il dégrafa son pantalon qui glissa jusqu'à ses chevilles. La petite fille fit de même.

Témoin de cette scène, Françoise avait voulu intervenir, mais avait perdu l'usage de sa voix et de ses mouvements. Elle était impuissante face à cet acte qu'elle qualifiait de sordide. L'oxygène lui manquait. Sa respiration était saccadée. Elle devait trouver le moyen de sauver sa fille. L'homme, maintenant nu, prit la petite, la tourna pour la pénétrer par l'arrière. Françoise s'enfonça les ongles dans les joues lorsqu'elle aperçut le visage de l'enfant. Il ne s'agissait plus de Julie, mais de Françoise enfant.

Son cri de terreur se répercuta dans tout l'avion. Des passagers curieux étaient debout au-dessus d'elle quand elle ouvrit les yeux. Elle reprenait péniblement son souffle. Sur son visage se lisaient l'effroi et la haine. Elle se leva, courut vers son violeur, l'empoigna par le cou et resserra ses doigts pour qu'il étouffe. Plusieurs hôtesses accoururent pour défaire le passager des mains meurtrières de Françoise.

On la conduisit au bout de l'appareil pour la calmer. Son discours était incohérent. Cet homme l'avait violée dans son enfance. Il avait été son maître d'école.

Elle l'avait reconnu et son inconscient avait fait remonter ce souvenir sordide à la surface. Les deux hôtesses qui l'accompagnaient se regardèrent, incrédules. Cette femme devait être démente. Françoise acheva son voyage de l'autre côté de l'avion, se promettant qu'à son arrivée, elle ferait payer ce salaud.

De son côté, le quinquagénaire reprenait ses esprits. Cette femme devait être internée. Elle l'avait littéralement agressé. Il ne comprenait pas les raisons qui l'avaient poussée à commettre cet acte. Son épouse, mortifiée, lui tamponnait le front. Il posa sa main sur la sienne pour la rassurer. Elle ne devait pas s'inquiéter, il y avait méprise.

La quiétude reprit le contrôle de l'avion jusqu'à l'atterrissage. Chacun vaquait à ses occupations, comme si rien ne s'était produit. Françoise frétillait d'impatience. Elle n'en pouvait plus. Elle désirait tant voir René et Julie. Comment allaient-ils ? Son idiote de belle-mère ne lui avait donné aucune explication. *Pourvu qu'ils aillent bien*, pria-t-elle. À son arrivée, il faudrait prendre soin de sa famille, tenter de retrouver Clara, mais aussi coincer le type qui avait abusé de son innocence.

21

Recroquevillé dans un coin de sa chambre d'isolement, les mains sur les oreilles, M. Concerto fredonnait pour ne plus entendre les sons qui investissaient ses pensées. Son buste faisait des va-et-vient incessants. Depuis qu'il était là, les voix semblaient s'être intensifiées.

Des intonations féminines, masculines, tristes, apeurées, nerveuses, sarcastiques. Des chuchotements qui passaient leur temps à le miner. Il était si fatigué. Il ne parvenait pas à dormir sereinement, harcelé par ses cauchemars. Ces foutus infirmiers et médecins le gavaient de médicaments qui n'arrangeaient rien à sa situation. Peut-être étaient-ils la cause de ce mal-être ? Il n'avait aucun souvenir d'insomnie récurrente. Il dormait bien lorsqu'il vivait chez lui. Il devait tenter de ne plus les prendre, mais comment ? On s'assurait qu'il les avait bien ingurgités en scrutant chaque recoin de sa bouche. *Satanés médecins !*

Il leva la tête vers le plafond, exhala un soupir de désespoir, se leva pour faire les cent pas. Se promenant d'un bout à l'autre de la pièce, il s'efforça d'inviter des souvenirs heureux. Du pied, il repoussa machinalement le matelas contre le mur. Ses nuits agitées mettaient du désordre et il détestait ça. La lettre qu'il avait aperçue deux jours auparavant réapparut comme par enchantement sous ses yeux. Elle était dissimulée sous le matelas. Il se souvint soudain qu'il avait été anesthésié au moment où il avait tenté de s'en approcher.

Il saisit l'enveloppe et reconnut l'écriture de sa femme : « Pour que tu comprennes. Ne m'en veux pas, je t'aime. » Il fut pris de spasmes, ses mains ne répondirent plus. Ses genoux se mirent à flageoler. Il ne comprenait pas pourquoi, mais il appréhendait de l'ouvrir. Que lui avait écrit sa femme ? Il tâtonna l'enveloppe, elle était plutôt épaisse. Il s'installa sur son matelas, lettre à la main, les yeux rivés sur ce qu'il tenait. Il glissa l'index dans la partie supérieure de l'enveloppe et le fit glisser tel un couteau.

À l'intérieur, les pages qui composaient la lettre attendaient d'être lues. M. Concerto, frémissant, sortit la lettre du bout des doigts et la posa à côté de lui. Il faisait décidément très chaud dans cet endroit. Ses mains étaient moites, son front parsemé de gouttes de sueur. Il observait les feuillets du coin de l'œil. Il mourait d'envie de les lire, mais un sentiment d'inquiétude l'en empêchait.

M. Concerto ferma les yeux, prit une inspiration, posa la main sur le courrier. Il ne parvint pas à le saisir pour le lire. *Bon sang, reprends-toi ! Ce n'est qu'une lettre. De quoi as-tu si peur ?* Il se leva, fit quelques pas et retourna s'asseoir. Il était déchiré entre la folle envie de découvrir ce que lui avait écrit sa femme et cette crainte inexpliquée qui le submergeait.

On frappa contre le hublot. M. Concerto bondit. C'était l'heure des médicaments. Il glissa sa trouvaille sous son oreiller et accomplit le rituel qui s'imposait à chaque visite. Une fois fermement attaché, l'infirmière lui tendit des cachets et un verre d'eau. M. Concerto saisit le cocktail qu'il avala d'une seule gorgée. Il ouvrit la bouche. L'infirmière l'inspecta avant de prendre congé. Il se détacha et alla s'allonger un instant. Il savait que, pour les deux prochaines heures, il devrait rester dans cette position, le temps que l'effet analgésique des médicaments se dissipe. Il laissa la torpeur l'envahir. Il tenterait de lire les mots de sa femme plus tard.

22

Le trop-plein de luminosité lui griffait les rétines. Ses yeux avaient du mal à s'habituer à tant d'agressivité lumineuse. Seule, dans ce qui lui semblait être l'infirmerie de cette immonde prison, Clara tentait d'ouvrir le moindre placard pour y dénicher un objet quelconque qui puisse l'aider à fuir. Des ciseaux, une seringue, n'importe quel instrument susceptible de s'enfoncer dans la chair. Tous étaient cadenassés. Elle désespérait. Que pouvait-elle faire avec le flacon d'alcool en plastique qu'elle venait de glisser dans sa poche ? Aveugler un instant ses bourreaux, mais cela ne les empêcherait pas de la pourchasser. Non. En plus de ce liquide agressif, il lui fallait quelque chose de coupant. Elle fit une pause, passa sa main dans ses cheveux propres. Le plaisir qui en découla était indescriptible. C'était la première fois en plusieurs mois qu'elle retrouvait la propreté. Elle sourit.

Cette situation la renvoya des années plus tôt. À cette époque, elle avait ressenti exactement la même jouissance en touchant ses cheveux. Elle s'en souvenait comme si c'était la veille. Elle avait été envoyée en mission dans un pays chaud. Bien qu'elle ait, au préalable, étudié la situation catastrophique de ce pays, elle avait fait le tour de la capitale pour mieux cerner les problèmes. Elle devait participer à une conférence sur le développement durable et la sécurité. Clara pouvait encore sentir cette odeur désagréablement caractéristique qui émanait des habitants de ce pays où l'hygiène semblait être un luxe.

En regagnant l'hôtel où elle avait posé ses bagages, elle avait pris une douche rapide et nécessaire. La condition humaine dépassait de loin ce qu'elle avait pu se figurer à travers ses lectures. On devait venir en aide à ce peuple. Il fallait sortir ces gens de ce bourbier. Son supérieur l'avait désignée, car elle avait déjà visité maints pays de ce genre. Elle était, d'après lui, la mieux placée pour débattre de la question du développement et de la sécurité.

Toutefois, elle avait beau connaître la situation, un sentiment de détresse avait déferlé en elle en découvrant l'état pitoyable des habitants. Il fallait impérativement que, lors de cette conférence, les dirigeants des États riches trouvent une solution. Ce pays avait besoin d'être relevé : logements détruits par une guerre civile ridicule, mais meurtrière, taux d'alphabétisation qui frôlait tout juste les trente pour cent, hygiène déplorable sans parler de l'insécurité qui régnait en maîtresse des lieux. Bien sûr, les maladies foisonnaient à travers le pays.

Elle y avait passé une semaine : deux jours de conférences durant lesquels elle s'était battue bec et ongles pour que l'on débloque enfin les fonds nécessaires et cinq jours à courir d'une clinique à l'autre afin de prêter main-forte aux médecins locaux débordés.

Clara savait que la clef du développement était l'éducation. Comment une population aurait-elle pu se remettre sur pied avec un tel taux d'analphabétisme ? Les gens ne pensaient même pas à améliorer leur condition. Ils se contentaient de mener leur misérable vie tandis que d'autres continuaient à s'enrichir. Bien entendu, elle ne parlait pas de révolution mais plutôt d'un changement draconien des mentalités. Il fallait construire des écoles et des hôpitaux. Les gens devaient être sensibilisés aussi au problème de l'illettrisme. Ils devaient comprendre que seule la connaissance pourrait améliorer leur vie.

Le gouvernement, pour sa part, devait lancer des campagnes de sensibilisation et mettre en place un système éducatif correct. Il fallait former des professeurs. L'éducation n'avait *rien* à voir avec la lecture, ou plutôt, l'écoute d'un texte religieux. Elle devait permettre à la population de réfléchir, de s'émanciper, d'avoir un regard objectif et d'améliorer cette sinistre existence. Les gens de ce pays détenaient les clefs d'un avenir meilleur. Ils avaient ce pouvoir et devaient en user au plus vite. Ils devaient cesser de croire qu'en prononçant une prière, une entité divine les sauverait. Dieu était bien trop occupé. Les hommes devaient se débrouiller seuls.

Clara s'investissait beaucoup dans son métier. Elle disait souvent en plaisantant qu'elle était la *sauveuse* du monde. Elle n'avait du reste pas le temps de s'occuper de sa vie privée et encore moins d'un homme. Elle préférait se consacrer à l'Homme avec un grand *H*, comme elle se plaisait à l'expliquer à ses amis et sa famille.

Elle se laissa choir sur le lit, tête baissée. Elle analysait la vie qu'elle avait menée jusque-là. Elle avait offert beaucoup de son temps aux autres et aux causes auxquelles elle croyait. Elle ne regrettait rien, mais quand finirait-elle par s'occuper un peu d'elle-même ? Elle n'avait jamais été capable de répondre à cette question. Françoise lui demandait souvent quand elle comptait lever le pied. « Ce que tu as entrepris jusqu'ici est louable et je t'admire. Mais, il faut savoir penser à soi aussi. Es-tu heureuse de la vie que tu mènes ? » Clara lui répondait sans cesse qu'elle n'aurait pu rêver mieux. Consacrer sa vie au bien-être des autres était une source intarissable de joie. Françoise ne pouvait s'empêcher de se demander si cette ferveur n'était pas une échappatoire aux difficultés de sa propre existence…

Le son métallique de la porte qui s'ouvrait sortit Clara des remous de son subconscient. C'était Bob. Il posa un plateau sur la table. Sa prisonnière le remercia. Il prit rapidement congé en lui souhaitant un bon appétit.

Clara ingéra son repas du bout des lèvres. Petit bout par petit bout. Lentement. Mais sûrement… Son estomac s'était rétréci au fil du temps. Mais elle ne gardait qu'une chose à l'esprit : elle avait besoin de forces si elle voulait s'échapper. Bob la regardait sans mot dire.

Ce qu'il ignorait, c'est que Clara, malgré ses muscles douloureux, faisait des exercices dès qu'elle retrouvait la solitude.

Même si elle simulait le contraire, sa détenue n'était pas aussi faible que le garde le pensait. Elle était capable de faire des dizaines de pompes et autant de flexions des jambes. La prisonnière s'était surtout concentrée sur ses cuisses. Il fallait qu'elles soient capables de la faire courir aussi longtemps que possible. Clara observa ses mains craquelées par le froid et l'humidité. Elle s'imaginait fermer le poing et asséner un coup à quiconque se mettrait sur son chemin. Elle but un peu d'eau pour aider la nourriture à passer. Son estomac n'avait qu'une envie : tout rejeter. D'urgence ! Mais la force mentale de la jeune femme était telle qu'elle lui permit de tout avaler. Même la banane qu'elle avait reçue pour le dessert. Surtout la banane… Ce fruit, plein de magnésium, renforçait les muscles. Clara le savait pertinemment et osa un « pourrais-je avoir une autre banane, s'il vous plaît, cela me rappelle tant ma vie d'avant… » Après quelques hésitations du garde, une seconde banane lui fut donnée. Elle sourit intérieurement.

23

Lorsque M. Concerto reprit conscience, sa première réaction fut de s'assurer que la lettre était toujours là où il l'avait mise. Il la saisit, s'assit en tailleur et entama sa lecture :

Mon chéri,

Au moment où tu liras cette lettre, tu seras certainement dans un endroit qui t'empêchera de vivre librement. Je suis certaine que tu dois me haïr et… je comprends. J'ai longtemps refusé de voir la vérité en face, mais il fallait que je prenne cette terrible décision. Je t'écris pour tenter de te donner quelques explications relatives à ton internement. Je vais essayer d'être claire. La situation est si compliquée… J'aurais tant voulu ne jamais avoir à faire ce choix, mais il le fallait. Pour toi. Pour moi… pour nous. Ces derniers temps, tu étais devenu infernal. J'ai supporté chacune de tes brimades, humiliations et autres agissements. Mais ce que tu as fait dernièrement m'a fait prendre conscience que c'était la seule solution pour que tu ailles mieux. Pour que tu… guérisses et rentres à la maison.

Il sentit sa colère se transformer en peine. Un poids comprima son cœur, une boule lui enflamma le gosier. Il fit une pause. Il savait que la suite serait douloureuse. Au fond de lui, il était conscient que sa femme avait pris cette décision pour qu'il guérisse. Mais la plupart du temps, il était aveuglé par sa colère. Il préférait la détester. Il finit par reprendre la lecture. Sa femme était à bout, elle n'en pouvait plus de vivre ainsi.

Il l'avait éloignée de sa famille. Il l'humiliait sans cesse. Ce qu'elle faisait n'était jamais assez bien. Elle avait également laissé un autre pli. Sur celui-ci, il reconnut sa propre écriture. Sa respiration s'emballa. Il savait que cette lettre était pleine d'animosité, il ne se sentit pas la force de la parcourir. *Pas aujourd'hui, tu n'es pas prêt.* Tu as déjà fait un grand pas en lisant la précédente. Il rangea les feuillets dans l'enveloppe qu'il glissa sous son oreiller.

Les voix recommencèrent de plus belle… Cette fois, il put en comprendre quelques bribes : « Qu'est-ce que tu as fait ? Tu es fou ? Mais pourquoi ? Tu es un être vil ! Tu me dégoûtes. » M. Concerto hurla d'impuissance. Sa voix rauque déchira le silence tendu qui dominait la pièce.

« Taisez-vous ! Arrêtez ! Foutez-moi la paix ! Je ne veux plus vous entendre ! » Il se laissa tomber sur les genoux et dit une prière. Cet endroit était en passe de le rendre mentalement handicapé. Il fallait qu'il s'en échappe. « Aidez-moi, mon Dieu. Si je suis sain d'esprit, donnez-moi un coup de main, je vous en prie. » Des larmes coulaient sur son visage empourpré.

Le tatouage qui décorait la face interne de son avant-bras le démangea. M. Concerto se gratta jusqu'à ce que du sang en suinte. Il s'agissait du symbole de son signe astral : ♊.

24

La belle-mère de Françoise lui avait indiqué l'hôpital où se trouvaient René et Julie. Elle était à présent au pied du lit de son mari dont le corps était couvert d'hématomes. Toute une série de tuyaux y avaient été introduits : dans son nez, dans ses bras. Françoise pleurait en silence. Il était dans un état grave. Il n'avait réagi à aucun stimulus, il se trouvait désormais dans un coma profond.

Suite à l'accident, son cerveau s'était éteint. Il n'était plus qu'un corps vivant au rythme du cardiogramme. Une plante avait plus de vie que lui. Elle l'avait perdu. Il ne reviendrait plus des ombres qui l'avaient enténébré. Françoise lui prit la main et la porta à son visage humide. Elle marmonnait un chapelet de mots d'excuse. Elle aurait dû revenir. Elle s'en voulait atrocement. Elle ne pourrait jamais se le pardonner.

Avant de rejoindre son époux, Françoise avait accouru dans l'aile de l'hôpital réservée aux enfants. Dieu merci, sa fille s'en était sortie avec quelques contusions, mais rien de grave. Elle serait vite sur pied. Françoise l'avait embrassée sur le front avant de quitter la chambre pour rejoindre son époux. Elle ne savait plus où donner de la tête. Elle qui passait son temps à sauver la vie d'autrui avait été incapable de protéger ceux qu'elle aimait.

Une expression mêlée de dégoût et de désespoir s'était dessinée sur son visage à mesure qu'elle traversait les couloirs. Les larmes creusaient ses joues et elle peinait à tenir sur ses jambes. Les rumeurs qui l'entouraient étaient déformées. Elle avait l'impression d'avoir la tête sous l'eau tellement ce qu'elle entendait était nébuleux. Le couloir la menant à la chambre lui avait semblé infini.

Elle lâcha la main de René, lui caressa le visage. Ses yeux étaient inondés de larmes. En qualité de médecin, elle connaissait hélas l'issue de ce coma. Elle refusait de l'admettre, mais elle allait perdre l'amour de sa vie. Il ne reviendrait plus des limbes. Elle finit par se mettre dans un coin de la pièce, s'assit par terre et se ramassa autour de ses genoux. Elle était désemparée.

Je suis tellement désolée. Tu avais besoin de moi… Que vais-je devenir sans toi ? Jamais je ne me remettrai de ta disparition. Je vais devoir prendre des dispositions, mais je n'en ai pas le courage. Comment trouver la force de donner mon approbation aux médecins ? Je ne peux pas te laisser partir. Je t'aime tant.

Une infirmière entra dans la chambre. Après avoir pris les constantes du patient, elle se tourna vers Françoise qui murmurait.

– Vous tenez le coup ?

– Disons que je fais ce que je peux.

– Pardon, ma question était maladroite.

– …

– Si je peux faire quelque chose…

Françoise leva ses yeux rougis vers la jeune femme à la blouse bleu ciel et balaya l'air d'un signe de la main.

– C'est bon, je n'ai besoin de rien, ni de personne.

La pièce retomba dans le silence. Seuls les appareils qui faisaient battre le cœur du mari de Françoise avaient décidé de ne pas se taire. Françoise ne bougea pas d'un millimètre. Elle demeura assise dans son coin, caressant du regard le corps presque sans vie de son époux. Elle ne parvenait pas à comprendre comment un conducteur hors pair tel que lui avait pu perdre le contrôle de sa voiture en pleine journée… ensoleillée de surcroît ! *À quoi pensais-tu ? Qu'est-ce qui a pu te distraire à ce point ?* Elle poussa un soupir saccadé. Elle se releva, s'approcha et posa un baiser sur ses lèvres sèches. Elle lui expliqua qu'elle devait aller voir leur fille. Elle semblait ne pas avoir de traumatismes, elle s'en sortirait. Françoise s'éloigna du lit pour se diriger vers la porte.

– À plus tard, mon ange.

25

M. Concerto se réveilla d'une humeur épouvantable. Pendant son sommeil, les voix disparaissaient comme par enchantement, mais des images incompréhensibles se glissaient subrepticement dans ses songes. Cette fois, il avait eu droit à la détresse d'une femme qui progressait dans un lieu où la mort guettait à chaque recoin. Elle courait. Elle pleurait. Elle se détestait. Elle était perdue. Un homme allongé ne réagissait à aucun de ses appels. Une confusion pernicieuse régnait dans ce décor dont l'odeur lui rappelait celle qui imprégnait les murs de sa chambre d'isolement.

M. Concerto était trempé de sueur. Il avait tant haleté qu'il peinait à reprendre une respiration normale. Chaque mauvais rêve le rendait irascible. Il savait que la bombe qui logeait dans son ventre était sur le point d'exploser. *C'est de ta faute. Tu l'as cherché. Il va mourir. Tu l'as abandonné.* Les voix avaient repris leur rumeur lancinante. Il asséna un coup de poing dans le mur. Et puis un autre. Et encore un autre.

Silence ! Je ne veux plus vous entendre ! Il se jeta sur le matelas de tout son poids. Les chuchotements ne daignaient décidément lui accorder aucun répit. Il se mit en position assise et ferma les poings. Il tendit les index qu'il leva au niveau de ses oreilles, prêt à les introduire, d'un coup sec, dans leur orifice. Il voulait en finir. Peut-être finirait-il par en être débarrassé en se crevant les tympans ? Il écarta les bras pour prendre un maximum d'élan. Il voulait être sûr d'atteindre sa cible.

On frappa soudainement au hublot de la porte. De saisissement, il fit un bond, immobilisant ses bras. La fureur se lut dans son regard. La porte s'entrouvrit lentement. Il s'agissait d'un homme dont il ne se souvenait pas du visage. Ce devait être un docteur, au vu de sa blouse blanche. L'homme s'approcha lentement. Il se présenta tout en précisant qu'il était là pour aider son patient à se sentir mieux. Il s'agissait du Dr Quint, son psychothérapeute.

De grande taille et d'âge mûr, il était impressionnant. Tandis qu'il continuait sa présentation, M. Concerto fut troublé par sa prestance. Il se dirigea au fond de la pièce, comme l'exigeait le protocole.

– Inutile de vous attacher comme un vulgaire animal. Je vous fais confiance, fit-il d'une voix sereine.

Le patient examina son thérapeute d'un œil mauvais.

– Vous vous êtes déplacé pour rien. Je suis en parfaite santé. Seuls les malades ont besoin d'un médecin et ce n'est pas mon cas.

– Vous me permettrez d'en juger par moi-même, lâcha-t-il dans un sourire narquois.

M. Concerto croisa les bras, en signe de fermeture à toute conversation. Le thérapeute assura qu'il allait faire tout ce qui était en son pouvoir pour que les démons qui avaient investi son esprit disparaissent. Tout d'abord, il voulut savoir si son patient avait lu la lettre que son épouse lui avait confiée.

M. Concerto sembla très mal à l'aise. Son assurance venait de fondre comme neige au soleil. Il devint blême. Il ne comprenait pas pourquoi mais, dès qu'il était question de ce bout de papier, il sentait son estomac se nouer.

– Non… je n'ai pas lu cette satanée lettre.

– Vous devriez vous pencher dessus au plus vite. Elle est la clef. Elle vous permettra de mieux comprendre les raisons qui vous ont amené ici.

Sans préavis, M. Concerto se mit à crier. Il hurlait si fort qu'on aurait dit que sa carotide allait éclater sous la pression du sang. Il jeta une bordée d'injures à la face du docteur qui finit par lui dire que s'il désirait fuir cette réclusion, il devait coopérer. Il lui tourna le dos, se dirigea vers la porte, l'ouvrit, mais n'eut pas le temps de sortir.

M. Concerto venait de lui asséner un coup de pied dans le dos avant de piétiner le corps du thérapeute. Méthodique, le patient pensa à retirer la blouse de l'homme au sol. Il l'enfila en espérant passer inaperçu dans les couloirs. À pas de loup, M. Concerto quitta la pièce, empli de satisfaction.

Ne connaissant pas les lieux, il tituba à travers des couloirs d'une blancheur aveuglante. Il savait qu'il valait mieux d'éviter de courir et s'efforça donc de garder son calme. Il avait toutefois omis un détail : toutes les chambres sont équipées de minuscules caméras permettant à la sécurité de réagir sur le vif en cas de problème.

De là où il se tenait, il aperçut une porte sur laquelle un autocollant blanc sur fond vert lui indiquait clairement la sortie. Il s'avança, s'assurant que personne n'était dans les parages. Personne derrière. Personne devant. Il était à quelques pas de la liberté. Il ne put s'empêcher de s'étonner face à l'absence de personnel dans un hôpital censé être un asile clos. Son cœur battait la chamade. Il était prêt à bondir hors de sa poitrine. Il posa ses deux mains sur l'énorme manette. Le métal froid provoqua un hérissement de ses poils sur tout le corps.

À peine avait-il ouvert la porte, que deux malabars l'interceptèrent, le forcèrent à s'agenouiller et lui passèrent les menottes. Tandis qu'ils le traînaient en sens inverse, M. Concerto vociférait de frustration et de hargne tout en agitant les jambes dans tous les sens.

À l'autre bout du couloir, il aperçut le Dr Quint qui, une main sur le dos, l'autre munie d'une seringue, s'approchait de lui à pas prudents. L'aiguille transperça sa peau. Un léger picotement se fit sentir lorsque le sédatif s'introduisit dans ses cellules. Il s'écroula.

26

Alors que Charles devait se reposer ou lire encore son roman autobiographique, Rose s'affairait dans la cuisine. Elle avait décrété que le dîner du soir allait leur faire oublier tous leurs tracas actuels. Elle mijotait un repas digne des plus grands restaurants composé d'une entrée, d'un plat et d'un dessert. En plus de vingt années de mariage, elle n'en avait pas fait souvent. Elle avait tout planifié : il fallait d'abord préparer le dîner pour ensuite aller faire sa toilette. Elle voulait être belle pour son Charles et voir une étincelle dans les yeux de l'homme qu'elle était contrainte de dissimuler dans sa cave.

Lorsque le son strident de la minuterie résonna dans toute la cuisine, Rose éteignit le feu et gravit les marches aussi rapidement que sa sciatique le lui permit.

Elle se débarrassa de ses vêtements, en prit des propres qu'elle porta à ses narines pour humer l'agréable odeur de l'adoucissant avant de les poser sur le lit. Elle se dirigea ensuite vers la salle de bains. Son regard croisa celui de son reflet dans le miroir.

Elle examina un instant ce corps que le temps avait dévasté. Elle poussa un soupir face aux rides gravées dans sa peau, aux seins tombants et aux vergetures qui griffaient son corps. *Arrête de t'en faire, ton corps a le même âge que toi, que veux-tu ? Allez, il n'est pas si mal que ça après tout. Tu vas rendre Charles fou de désir*, se rassura-t-elle avant de s'engouffrer dans la cabine de douche.

Une fois rafraîchie et propre, elle se sécha, fit rouler la bille de son déodorant sous chaque aisselle et se vêtit. Elle portait la robe préférée de Charles, celle qu'elle avait portée le soir de Noël, l'année précédente. Charles et elle l'avaient aperçue dans la vitrine d'une petite boutique et Rose l'avait adorée. Elle avait tiré Charles par le bras et une heure plus tard, ils quittaient le négoce un sac en plastique à la main contenant sa robe. Elle avait été si fière lorsque son époux lui avait dit combien cette robe la mettait en valeur. *Enfin une robe qui te mérite !* avait-il complimenté alors.

Ce soir, elle se sentait superbe. Elle se dirigea vers la coiffeuse, sécha ses cheveux, avant de préparer les crèmes et les poudres qui allaient donner un coup de jeune à ce visage défraîchi par la dureté de la vie. Un peu de bleu sur ses paupières, un peu de rose sur ses lèvres et un peu de fond de teint pour une mine brillante. Fin prête, elle prit le temps de s'admirer dans la glace :

« Tu es splendide », adressa-t-elle à haute voix à son autre elle. Elle quitta la salle de bains pour rejoindre le rez-de-chaussée.

À son arrivée en bas, elle se précipita sur son tablier à fleurs pour couvrir sa belle tenue. Il ne faudrait tout de même pas la souiller. Elle décida de rallumer le feu afin de réchauffer le repas. En attendant, elle ouvrit un placard, en sortit un verre qu'elle remplit de deux doigts de vodka. « C'est l'heure de l'apéro, ma chère Rose », annonça-t-elle avant de boire sa première gorgée du liquide aussi transparent que fort. Elle aimait beaucoup ça, mais ne pouvait s'empêcher de faire une grimace à chaque fois que l'alcool réchauffait son œsophage. Elle sentit une vapeur lui envahir les joues.

De son côté, Charles parcourait le livre qu'il lisait depuis son enfermement. Cet endroit lui semblait être plus exigu à mesure que les jours passaient. L'auteur était parvenu à sauver sa peau. Il avait réussi à fuir les autorités de son pays, mais avait dû changer de nom et choisir une terre d'accueil qui lui avait offert une nouvelle nationalité, grâce à laquelle il ne risquait plus rien. Charles était désemparé. Il ne se sentait absolument pas prêt à accomplir ces sacrifices. Un nouveau visage, un faux nom, un autre pays, une nationalité qui n'était pas la sienne.

Cette perspective lui provoquait des douleurs insupportables à l'estomac. Il était tellement las, fatigué de se cacher. Devenir quelqu'un d'autre ne signifiait pas être libre !

Il était vingt heures, Rose n'allait pas tarder à lui apporter son repas. Il aurait aimé sortir un peu, se promener et dîner dans leur restaurant préféré. Il baissa les épaules en signe de défaite. Il saisit la télécommande, alluma le poste de télévision en attendant l'arrivée de sa femme.

Le journal télévisé montrait une fois encore des reportages sur des hommes de son âge qui s'étaient fait arrêter par la police. Il tressaillit en découvrant la violence avec laquelle les arrestations se déroulaient. Il savait que, s'il n'était pas vigilant, lui aussi connaîtrait une fin similaire. *Tout ça, parce que cet illuminé de Président en a décidé ainsi*, grommela-t-il. Le commentateur expliqua les raisons de ces arrestations musclées. Charles écoutait comme s'il ignorait pourquoi ces hommes étaient dans l'antre de la mort.

« Aujourd'hui encore, une dizaine de personnes âgées de 65 ans et plus ont été capturées par la police, conformément au décret promulgué par notre Président il y a deux ans déjà. Ce décret, comme vous le savez sans doute, vise à… »

Charles changea de programme, Rose venait de pénétrer dans la pièce. Elle avait une sainte horreur des informations, cela lui faisait trop mal. Aussi son mari préféra-t-il zapper. Lorsqu'il l'aperçut, les remous dans ses intestins cessèrent sur-le-champ. Elle était magnifique. Elle souriait. Sans mot dire, elle posa le plateau sur la table avant d'embrasser son mari avec tendresse et passion. Charles fut sous le charme. Cela faisait bien longtemps qu'il ne l'avait pas vue si resplendissante. Il lui fit part de sa surprise. Elle en fut heureuse.

Il tourna lentement la tête pour observer le plateau d'où provenait un parfum appétissant. Sans savoir ce qui se cachait sous les cloches en argent, il complimenta la cuisinière pour l'agréable odeur. Elle répondit qu'il n'était pas au bout de ses surprises. Elle espérait qu'il était en forme, car cette soirée lui ferait oublier tous ses tracas. Ils dînèrent à leur aise, se caressant le visage entre deux bouchées. Rose était ravie de voir cet éclat dans le regard de son époux. Charles, quant à lui, ne la quitta pas des yeux de toute la soirée.

27

Clara faisait face à la porte. Le regard vide, elle réfléchissait à la suite des événements. Elle était enfermée dans une infirmerie. C'était le rêve comparé à sa cellule. De plus, il y avait un tas de choses qu'elle pourrait réutiliser pour s'échapper. N'ayant plus la notion du temps elle ne savait pas quand le garde repasserait la voir. Il lui semblait qu'il n'était pas venu depuis un certain temps déjà. Elle aurait dû tenter d'ouvrir les tiroirs et placards qui garnissaient cette salle. *Idiote, tu réfléchis trop. Prends tout et n'importe quoi et tu verras ensuite à quoi cela pourra te servir*, se réprimanda-t-elle. Elle se leva pour se diriger vers les placards au fond de la pièce, mais son avancée fut stoppée net par le cliquetis de la serrure.

Bob posa un verre d'eau sur la table.

– Comment vous sentez-vous ?

– Bien, souffla-t-elle en frissonnant. Comment pouvait-elle aller

bien ? Sa réponse lui sembla saugrenue.

Le garde semblait vouloir passer un peu de temps avec elle. Il s'installa au bord du lit. Clara ne broncha pas. Elle demeura debout, atteinte d'une soudaine apathie. Il sourit en s'apercevant qu'elle restait figée. Il tenta de la rassurer. Il ne lui voulait aucun mal, même s'il ne pouvait pas l'aider à quitter cet horrible endroit. Clara croyait ce qu'il disait. Il paraissait sincère, mais elle préféra conserver une distance entre elle et lui.

Que voulait-il exactement ? Lui qui avait évité toute discussion jusque-là, voilà qu'il désirait passer un peu de temps avec elle. C'était peut-être le moment de découvrir les raisons pour lesquelles elle avait été capturée comme un animal. Il fut étonné de voir que Clara ne touchait pas au verre d'eau fraîche qu'il avait posé sur la table. Il était vrai que Clara avait la gorge sèche, mais elle était bien trop occupée à tenter de cerner la personne qui était assise devant elle. Elle lui annonça qu'elle boirait plus tard. Elle fit un pas vers l'homme qui ne la quittait pas des yeux.

– Pourquoi êtes-vous si gentil avec moi ? demanda-t-elle.

– Je ne sais pas, vous m'êtes sympathique et j'ai envie de vous aider, répondit-il avec franchise. Comment vont vos plaies ?

– Beaucoup mieux, même si elles restent encore douloureuses. Passer du temps dans un endroit propre, ça aide.

– Je m'en doute.

– Bon, qu'est-ce que vous voulez ? Faire un brin de causette ? le provoqua-t-elle.

– Je ne sais pas au juste. C'est la première fois que cela m'arrive. En général, je garde la tête froide, mais l'état dans lequel vous étiez m'a bouleversé et j'ai voulu vous donner un coup de main.

– Alors, aidez-moi à m'enfuir !

Le jeune homme, mal à l'aise, se gratta le crâne.

– Je ne peux pas, je le crains. Silence embarrassé.

Quelques secondes plus tard, Clara reprit son interrogatoire.

– Que voulez-vous dans ce cas ? Pourquoi suis-je ici ? Je ne me souviens de rien. Je peux me rappeler ce que j'ai fait il y a plusieurs années, mais ma mémoire semble avoir occulté les événements récents.

– Vous savez bien que je ne peux rien dire. On me donne des ordres, aucune explication, vous savez.

– Donc, vous faites ce qu'on vous demande sans poser de questions ? cria-t-elle. Vous parlez d'humanité, mais est-ce digne d'un être humain d'agir comme vous le faites, sans réfléchir ?

– Je me contente de surveiller les détenus, c'est tout. (Il hésita un instant.) Et je vous signale que je n'ai jamais fait de mal à qui que ce soit.

– C'est possible. Il est vrai que vous m'êtes venu en aide et je vous en remercie. Je suis en colère contre ce qui m'arrive et j'en veux à la Terre entière. Je suis certaine que vous comprenez.

– La plupart des prisonniers ici ont de la chance que je sois là. Les autres gardes n'ont aucun scrupule à les laisser mourir dans leur coin. Moi, j'essaie de servir un repas convenable, je m'assure que les détenus ne souffrent pas trop et voilà.

Clara baissa le regard. Pour la première fois, elle remarqua qu'il portait des baskets rouges. *Drôle de couleur pour des chaussures*, pensa-t-elle en souriant intérieurement.

– Tout ça ne me dit toujours pas ce que je fais ici et ce que vous me voulez. Vous avez l'air sincère, mais tant de sollicitude m'interpelle. Je ne vous ai jamais vu ici en plusieurs mois il me semble en tout cas.

– Pourtant, j'ai été là depuis le début… Vous avez été gavée de calmants et autres sédatifs. La plupart du temps vous étiez à la limite de l'inconscience… Bon, je dois vous quitter, maintenant. Buvez un peu d'eau, cela vous fera du bien. Je repasserai plus tard pour votre repas.

Clara n'eut pas le temps de lui répondre que la porte se refermait devant elle, la laissant dubitative face à la discussion qu'elle venait d'avoir. Elle s'avança vers le lit, s'y laissa choir, ferma les yeux et tenta de ne penser à rien. Elle finit par s'endormir.

Mesdames, Messieurs, bonsoir.

Dans quelques instants, les prévisions météo suivies du « 20 heures ».

À 20 h 40, votre divertissement « Parents, mode d'emploi ».

Et à 20 h 55, « Prison ou liberté ? » Notre candidate a bien failli trouver l'issue, mais elle a été rattrapée par l'un de nos acteurs. Cela fait maintenant plusieurs semaines qu'elle a intégré notre émission.

Et pour finir notre soirée, deux nouveaux épisodes de votre série inédite « Bates Motel », Norma cherche un moyen de dissimuler le meurtre commis par son fils, Norman.

Bonne soirée à tous.

À demain, avec plaisir !

28

Lorsqu'il reprit ses esprits, M. Concerto était une fois de plus ligoté. Le Dr Quint était là. Il semblait parcourir un dossier d'un regard concentré. La lumière blanche, qui se reflétait dans toute la chambre d'isolement, meurtrissait ses yeux. Il tenta de prononcer un vocable, mais n'y parvint pas. Le psychiatre ne s'était pas aperçu que son patient avait émergé du gouffre où le tranquillisant l'avait plongé. Ce dernier rassembla le peu de forces qu'il avait pour attirer l'attention du thérapeute.

Détournant son regard du dossier qu'il tenait, le Dr Quint demanda à son malade comment il se sentait. Il n'aurait pas dû s'échapper comme il l'avait fait. Son cas ne s'en trouvait qu'aggravé. Ce n'était pas avec ce genre de comportement qu'il quitterait ces lieux, au contraire. M. Concerto tenta de se redresser pour s'asseoir, mais n'y parvint pas. Plus il bougeait, plus les liens lui lacéraient les poignets.

Le médecin lui annonça qu'il était temps qu'ils avancent dans sa thérapie, sinon, il finirait le reste de sa vie dans cet asile… si on ne le piquait pas comme un vulgaire animal. M. Concerto tressaillit. On voulait donc le tuer ?

C'était la raison pour laquelle il avait été capturé ? Sa femme désirait son trépas ? C'était impossible. Non. Elle était en colère contre lui, il avait dû commettre une exaction et elle avait voulu lui venir en aide. Elle l'expliquait dans l'introduction de la lettre qu'il n'avait pas encore lue jusqu'au bout. Le Dr Quint annonça dans un soupir que personne n'espérait sa disparition. Au contraire, ils étaient tous là pour le soigner et non l'inverse.

– Alors, M. Concerto, pourriez-vous me parler de votre vécu ?

– Que voulez-vous savoir ? Tout est dans votre fichu dossier, non ?

– Vous avez raison, mais cela fait partie de la thérapie. Parfois, lorsqu'on évoque des souvenirs lointains, la mémoire récente se remet à fonctionner.

– Je n'ai rien à vous dire. J'ai eu une vie banale. J'étais la tête de Turc de ma classe quand j'étais gosse.

– Que ressentiez-vous lorsque ces petits monstres vous malmenaient psychologiquement et physiquement ?

– Que croyez-vous que ça me faisait ? J'en souffrais. Je devais subir leurs moqueries et ensuite je devais affronter mes propres réprimandes. *Tu aurais dû faire ceci ou cela. Tu n'es qu'un lâche.* Le plus important était pour moi de cacher la réalité à mes parents.

– Si je comprends bien, vous étiez déchiré entre le chagrin d'être rejeté par vos pairs et le fait de dissimuler cette situation à vos parents.

– Vous êtes le meilleur psy du monde, dites donc ! Vous avez tout pigé !

– Ce que je ne « pige » pas, comme vous dites, c'est pourquoi vous ne vous êtes pas confié à vos parents ? Ils étaient là pour soutenir leur enfant. Ils auraient pu vous inscrire dans une autre école, non ?

– Oui, bien sûr : « Papa, maman, votre fils est une lavette qui se fait sans cesse emmerder par ses camarades de classe. » Le genre de truc qu'on a envie de dire à ses parents avec fierté… !

– Oui, mais vous ne seriez peut-être pas ici.

– Vous n'êtes qu'un imbécile, docteur. Si je suis ici, ce n'est pas à cause de mes mésaventures infantiles.

– C'est ce que je voudrais découvrir avec vous. Pourquoi êtes-vous ici ? Si ce n'est pas à cause des difficultés rencontrées dans votre jeunesse, qu'est-ce qui a bouleversé votre cerveau au point d'entendre des voix matin, midi et soir ? Ces mêmes voix qui vous poussent à être ignoble.

– Je suis le patient et vous êtes le psy. C'est votre boulot de découvrir ce qui m'a rendu comme ça. Pas le mien.

Silence.

Les deux hommes se dévisageaient. Si le regard de M. Concerto avait été une mitraillette, le Dr Quint aurait été transpercé d'une pluie de balles. Mais le psy n'était pas du genre à se laisser impressionner. Tout le contraire.

– Je veux que vous découvriez par vous-même les raisons qui vous ont amené ici. Lisez la lettre écrite de votre femme et vous saurez.

– Je saurai quoi ? Qu'elle m'a cloîtré dans cet endroit horrible pour mener sa vie comme elle l'entend ? Hein ?

– Arielle vous aime. Elle a pris cette décision difficile pour vous soigner. Elle désire retrouver l'homme qu'elle a rencontré il y a de longues années.

– Détachez-moi !

– Vous connaissez le règlement, M. Concerto.

Le docteur ferma le dossier qu'il tenait sur ses genoux, se leva et se dirigea vers la porte. Avant de refermer la porte à double tour, il rafraîchit une dernière fois la mémoire de son patient : « N'oubliez pas la lettre de votre femme. »

M. Concerto leva les yeux au ciel. Le désespoir, l'incompréhension, la rage, la tristesse se mêlaient dans sa tête. Il ne supportait plus cette situation, il aurait préféré mourir.

29

Dans le taxi qui la ramenait chez elle, Françoise pianotait d'impatience sur ses genoux. Mentalement, elle se repassa la liste des affaires à prendre pour René et Julie. Un pyjama propre, des pantoufles, la trousse de toilette et… Sa tête se mit à battre fort sous les effets de la migraine. Les événements de ces dernières années s'entrechoquaient dans sa tête. Elle se voyait aux côtés de Clara dans un de ces pays qui ne respectaient nullement les droits fondamentaux des êtres humains. La seconde d'après, elle était attablée avec son mari et toute sa famille pour fêter le premier anniversaire de leur fille. Revinrent ensuite des images de son adolescence. Elle avait eu beaucoup de chance, sa jeunesse avait laissé des traces heureuses dans sa mémoire.

La route lui sembla interminable. À cette heure, la circulation était toujours dense. Elle n'en pouvait plus de rester assise. Et ce feu qui ne passait pas au vert ! Elle l'aurait démonté de ses propres mains. Sa respiration était rapide, mais profonde. Le conducteur s'était rendu compte de la nervosité à fleur de peau de sa cliente, mais préféra ne pas s'en mêler. En général, c'étaient les clients qui lui racontaient leur vie. Il se contentait de baisser la tête.

Françoise regarda par la fenêtre. Il pleuvait à verse et de la buée s'était accumulée sur les vitres. Sans même s'en rendre compte, elle y traça un cercle entouré de rayons, le soleil qu'elle rêvait de voir se lever enfin. S'imposa à elle une douce pensée pour sa fille. Cette dernière s'amusait souvent à décorer les fenêtres de ses dessins dès qu'un peu de buée les recouvrait. Depuis que son mari et sa fille étaient à l'hôpital, Françoise se noyait dans le noir. D'abord Clara et maintenant eux, que se passait-il ? Devait-elle y voir un signe ? *Clara… Mon mari et ma fille ont besoin de moi. Je dois m'occuper d'eux, mais je ne t'abandonnerai pas, accroche-toi !* Ses pensées furent envahies par des images d'elle et Clara en vacances… au boulot… à l'étranger… tentant de sauver des vies. Les deux amies n'avaient fait que cela : venir en aide aux autres. Mais à elles, qui pourrait leur donner un coup de pouce ? Françoise s'en voulait terriblement. Sauver des inconnus semblait plus simple que d'aider sa propre amie. Elles avaient bravé vents et marées. Elles s'étaient sorties des coups bas que leur avait réservés la vie. Et voilà que désormais Clara était à l'autre bout du monde et que Françoise risquait de perdre son époux.

Elle poussa un soupir agacé et tapota l'épaule du conducteur, lui signifiant de s'arrêter. Marcher lui ferait du bien, même sous cette pluie battante. Elle sortit de la voiture, attendit ses bagages et tendit un billet au conducteur qui la remercia.

Trempée jusqu'aux os, Françoise arriva en bas de chez elle une demi-heure plus tard. Étrangement, cette promenade humide et fraîche ne l'avait pas dérangée. Elle était ailleurs et avançait sans réfléchir. Son esprit était bien trop occupé. Elle fut du reste surprise d'être parvenue aussi vite devant la porte d'entrée de son appartement.

Elle laissa tomber par terre son sac et sa valise, ouvrit la porte et reprit ses bagages avant de s'abandonner dans le canapé de cuir brun qui trônait dans le salon. Elle était exténuée.

Elle posa les mains sur son visage pour couvrir les larmes qui striaient ses joues rougies. Les remords l'assaillaient de toutes parts, la rongeant de l'intérieur. Tout en faisant défiler, sur l'écran de son portable, des photos de moments heureux avec son mari et sa fille, Françoise se mit à sangloter en pensant à la vie qu'elle menait depuis plusieurs années. Elle avait trop souvent mis sa vie d'épouse et de mère de côté. Se donnant corps et âme pour les autres, elle avait négligé les personnes essentielles à son existence. Cela ne pouvait plus continuer. Il fallait qu'elle fasse une pause, qu'elle s'occupe de Julie et de René.

Sur l'un des clichés apparut Clara. Françoise espérait que son amie se portait bien. Déchirée entre l'amour pour sa famille et son amitié pour sa collègue, elle eut l'impression d'être emportée par une vague funeste. Allait-elle perdre tous ceux qu'elle aimait ?

On s'est extirpé plusieurs fois des enchevêtrements obscurs que la vie avait semés sur notre chemin, dit-elle à haute voix, comme si Clara pouvait l'entendre.

Il est vrai que leur vocation les avait souvent mises dans des situations qui leur avaient semblé inextricables. Emprisonnées à maintes reprises pour avoir dénoncé les pratiques de certains gouvernements, elles en étaient toujours sorties indemnes. Même cette fois-là…

À cette époque, Françoise et Clara se trouvaient dans l'un des pays les plus puissants de la planète, décidées à venir en aide à certains prisonniers. Elles désiraient que le monde sache la vérité. « Les plus grands défenseurs des droits de l'Homme ne sont pas ceux que l'on pense. Venez visiter les prisons de ce pays ! » avaient-elles scandé. Elles avaient été traquées et placées derrière les verrous. Le gouvernement leur avait offert, sans le savoir, une occasion supplémentaire d'étudier les conditions des prisons. Le rapport qu'elles avaient dressé devant la Cour internationale de justice était criant sur le non-respect des règles régissant les droits fondamentaux. *Cette année-là, nous étions convaincues de passer le reste de notre vie dans ce trou à rats, tu te souviens ?* Françoise continuait son monologue.

Elle finit par sécher ses larmes et pénétra dans la cuisine pour se préparer un café. L'arôme intense qui s'en dégageait lui rappelait la force de son père. Elle ne comprenait pas pourquoi, mais s'il y avait une chose qui ramenait le souvenir de son père, pour quelques instants, c'était le café. Peut-être était-ce parce que son père était à la fois fort et doux ? Parce qu'il vouait un culte à cette eau noircie par les grains de café ? Elle n'avait jamais pu répondre à cette interrogation. Ensuite, elle se débarrassa enfin de son imperméable qu'elle posa sur le dossier d'une des chaises qui entouraient la petite table.

Debout devant sa cafetière, portable toujours en main, Françoise attendait que le café coule dans la tasse. Elle ferma l'application Photos et composa le numéro de sa belle-mère. Elle raccrocha au bout de la dixième sonnerie, saisit la tasse pleine de breuvage noir et la porta à ses lèvres.

Une chaleur rassurante prit possession de son corps, de la tête aux pieds. Elle n'avait pas vécu cet agréable moment depuis des mois. Elle s'attabla, sortit une cigarette du paquet que René avait laissé traîner sur la table. C'était la première fois qu'elle fumait. Aussi, la première bouffée la fit-elle toussoter. Elle n'apprécia la sensation qu'elle ressentit au niveau de son sternum qu'au bout de la cinquième bouffée. Pour une fois, elle comprenait ce que son mari répondait face à ses critiques. « Tu ne peux pas savoir combien boire un bon café en fumant une cigarette est plaisant. Tu ne fumes pas », avait-il l'habitude de lui lancer. Il lui manquait tant. Si seulement elle pouvait utiliser une machine à remonter le temps…

30

Charles ouvrit les yeux vers six heures du matin. Il se sentait à l'étroit dans ce petit lit de fortune. Tout contre lui, Rose dormait à poings fermés. Il sourit en voyant le visage serein de sa femme. Il avait passé une nuit inoubliable, parfaite pour faire ses adieux à la personne qu'il aimait. Avec la plus grande douceur, il sortit du lit, se rinça le visage et se brossa les dents. C'était à lui de faire une surprise à sa femme.

À pas de loup, il se précipita vers le rez-de-chaussée, pénétra dans la cuisine, prit un plateau dans un placard, y posa des tartines, des fruits et deux verres de lait. *Pourvu que personne ne rôde autour de la maison. Laissez-moi faire plaisir à Rose*, implora-t-il.

Plateau en main, il reprit le chemin de la cave, la traversa et retrouva Rose au bout du long couloir lugubre. Elle sommeillait encore. Le réveil affichait sept heures. Charles posa le petit-déjeuner sur la table, se dirigea vers Rose et lui caressa le visage du revers de la main avant de poser ses lèvres sur les siennes. Le visage maculé de maquillage qui avait coulé, elle ouvrit les yeux et souhaita le bonjour à son mari.

– Tu as bien dormi, ma chérie ? demanda-t-il en souriant.

– Oui, merci. Malgré l'exiguïté du lit, j'ai passé une agréable nuit à tes côtés.

Ils éclatèrent de rire. Un rire complice.

– Moi aussi. Allez, lève-toi et va te rafraîchir le visage. Le petit-déjeuner t'attend.

– Qu'est-ce que c'est ? demanda-t-elle en découvrant la table.

– C'est notre premier repas de la journée, ma belle. Je sais, j'ai pris des risques mais, s'il te plaît, ne me gâche pas le plaisir de m'occuper de toi.

Rose ne dit rien, en dépit de son envie de réprimander Charles. Elle préféra profiter du moment. Elle se dirigea vers la table, apprécia ce qu'elle voyait sur le plateau et embrassa Charles avant d'aller se passer de l'eau sur le visage. Ils s'installèrent à table et prirent le petit-déjeuner dans la même ambiance que la veille : douceur et complicité.

Le cœur de Charles cessa de battre soudainement. Rose faillit avaler de travers en entendant la sonnette. Le moment était arrivé. À cette heure de la matinée, ce ne pouvait pas être le facteur. Non, il était beaucoup trop tôt. Par contre, ils venaient sans doute prendre Charles comme Rose le redoutait depuis des semaines. Elle posa sa main sur celle de son époux. Ils avaient tous deux le teint blafard.

La scène semblait se passer au ralenti. Rose se leva en posant son index sur sa bouche. Elle annonça à Charles qu'elle allait voir qui sonnait. Il devait demeurer là, silencieux, éteindre la lampe et surtout ne pas laisser ses impulsions prendre le dessus. « Ne bouge pas, je vais tenter de gérer la situation », dit-elle d'une voix tremblante. Elle le quitta à contrecœur, ferma la porte à triple tour et s'engouffra dans ce long couloir qui lui paraissait infini.

Après avoir traversé la cave proprement dite, Rose fut prise de tremblements. Elle avait du mal à avancer vers la porte d'entrée. Un second coup de sonnette la fit tressaillir de tout son être. Elle sentit ses forces disparaître. Elle tomba à genoux, tentant de contenir les larmes qui pourraient trahir son désarroi. Prenant son courage à deux mains, elle se releva et ouvrit lentement la porte.

Sur le seuil se tenaient deux hommes armés brandissant un document devant Rose. Ils recherchaient un homme qui habitait à cette adresse et qu'ils devaient capturer. En effet, il avait atteint l'âge fatidique et devait se rendre. Ils demandèrent à Rose de coopérer si elle voulait éviter les problèmes. La vue de Rose s'obscurcit, sa tête devint lourde. Elle finit par s'évanouir.

Elle reprit ses esprits dans son salon. Les hommes l'avaient visiblement allongée sur le canapé. Ils avaient l'air de s'impatienter, mais n'avaient démontré aucune agressivité. Ils réitérèrent leur demande. Savait-elle où était son mari ? D'après le document que l'un d'eux tenait, Rose avait fait une déclaration de disparition il y avait plusieurs semaines de cela. Ce qui intriguait les autorités était qu'il avait eu soixante-cinq ans deux semaines auparavant.

Cette subite disparition paraissait louche. Rose, qui n'avait pas parlé de cette déclaration à Charles, joua le jeu jusqu'au bout. Elle se mit à pleurer des larmes de crocodile très convaincantes.

– Oh mon Dieu, vous avez retrouvé mon mari ? Où est-il ? Comment va-t-il ? Vous allez me le reprendre, n'est-ce pas ?

L'un des hommes sembla sceptique face à la scène interprétée par Rose. Elle le remarqua et pensa que, cette fois, elle était démasquée. En revanche, le collègue sembla plus compatissant.

– Désolés, madame, nous ne l'avons pas trouvé. Mais sachez que, si nous devions avoir des nouvelles, nous vous tiendrions au courant. Toutefois, n'oubliez pas qu'il a atteint l'âge fatidique ; il pourra seulement vous dire adieu avant de… enfin, vous savez.

Il se tourna vers le premier homme pour lui annoncer qu'ils pouvaient prendre congé.

Devant la porte d'entrée, le plus sceptique des deux demanda :

– Tu ne crois quand même pas ce qu'elle raconte ?

– Disons que, si elle ment, c'est une excellente comédienne.

– Entre nous, si tu voulais éviter la mort d'un être cher, tu serais un bon comédien aussi.

– On repassera de toute façon. On abordera les choses différemment. Si tu as raison, elle finira bien par faire un faux pas.

– La prochaine fois, on fouillera son domicile de fond en comble et tu verras que j'ai raison.

Pendant ce temps, Rose avait déjà rejoint son époux. Ils riaient nerveusement de concert. Elle avait été formidable. Charles l'embrassa avec tendresse. Ils disposaient d'un sursis. Mais ils savaient que cela ne durerait pas.

31

Les poumons en feu, Clara courait encore et encore.

Elle était parvenue à s'enfuir ! Enfin ! Il fallait qu'elle s'éloigne le plus possible de cet endroit. Sans savoir quelle direction prendre, elle bifurqua à gauche, puis à droite, encore à droite et enfin, à gauche.

C'est avec effroi qu'elle découvrit qu'elle avait tourné en rond ! Elle ploya la tête. Elle se retrouvait devant cette grande camionnette appartenant à une chaîne de télévision nationale.

Derrière elle, elle entendit des pas. Lentement, elle se retourna vers une silhouette masculine dont elle ne vit pas le visage à cause de la pénombre. Exténuée, elle rassembla toutes ses forces pour s'échapper de cet endroit. Tout en courant, elle retira une mèche collée à son front tant elle transpirait.

Les flancs commençaient à la faire souffrir. Il fallait qu'elle se cache pour reprendre son souffle. Un coup d'œil derrière, l'homme avait disparu. Soupir. Une chape de désespoir s'abattit sur elle lorsqu'elle se retrouva à nouveau devant la même camionnette. Elle leva la tête vers le ciel. *Si tu existes, c'est le moment de me le prouver.* Clara se figea soudain, baissant le regard vers la droite. Personne.

Pourtant, elle entendait des pas s'approcher. *Mon Dieu !* Il lui semblait impossible de sortir de ce labyrinthe maudit ! Quelle que soit la direction qu'elle prenait, elle se retrouvait au point de départ. Elle se glissa sous le véhicule, espérant naïvement que son assaillant ne la verrait pas. Sa respiration était trop bruyante. *Calme-toi !*

Elle aurait voulu assourdir les battements de son cœur et tenta de respirer avec calme. Les yeux fermés, elle put mieux se concentrer sur son environnement. La rue était étrangement silencieuse, comme si tous les habitants de la ville l'avaient désertée. Comme si elle était seule au monde. Elle était allongée sur le sol humide, la tête tournée vers la gauche.

Soudain, un craquement. Un frisson la parcourut. Clara inspira profondément avant d'expirer. À côté d'elle, les baskets rouges que portait l'homme qui la suivait. *Que faire ?* Elle pensa un instant lui attraper une cheville pour le faire trébucher. *Et après ?* Clara se rendit compte qu'elle tremblait.

L'homme demeura quelques instants, une éternité, devant la camionnette. Puis il tambourina la tôle du bout des doigts :

– Ça ne sert à rien de te cacher. Tu ne pourras pas m'échapper. Je refuse que tu me quittes !

Des larmes de rage se mêlèrent à la sueur. Clara ne broncha pas. Elle vit les baskets rouges s'éloigner dans la pénombre. Si seulement une voiture pouvait passer par là. Si seulement quelqu'un pouvait lui venir en aide. Clara demeura dans cette position inconfortable de longues minutes, regardant tout autour d'elle.

L'homme semblait avoir disparu. Clara jaugea la situation. *Tu es allée à droite, tu es revenue au point de départ. Tu as pris à gauche, pareil. Il ne reste qu'une seule issue…* Hésitation. Peur. Respiration animale. Clara finit par ramper hors de sa cachette. Elle entreprit de courir le plus vite qu'elle put. *Tout droit. Toujours tout droit. Ne t'arrête pas !* Au bout de la rue, une impasse. Risquant de se faire repérer, elle lâcha un grognement. Ce quartier était aménagé de telle manière que, quel que soit le chemin emprunté, Clara se retrouvait inexorablement au même endroit.

Elle se prit la tête entre les mains avant d'éclater en sanglots. Elle n'avait pas d'autre choix. Rester dans cette impasse la désavantageait.

Retourner sur ses pas était l'unique solution. Mais elle savait que bientôt, elle se retrouverait devant cette fichue camionnette qui semblait la narguer.

Une rafale la fit frissonner. De l'autre côté de la rue, il était là. Il l'attendait. Clara le savait, elle ne pourrait pas s'enfuir.

– Laissez-moi tranquille ! Silence.

– Je vous en supplie, je ne vais pas tenir longtemps à ce rythme ! Seul le sifflement du vent lui donna la réplique. L'homme qu'elle tentait de fuir était devant elle, aucune issue possible. *Et si tu inversais les rôles ? Et si tu étais l'agresseur et lui, la proie ?* Le cerveau de Clara était en pleine ébullition. Des craquements sous les pieds de l'homme qui avançait vers elle. La ruelle n'était pas sombre. Il fallait que l'obscurité devienne son alliée. Clara devait prendre le dessus. Elle devait surprendre ce salopard.

Le ricanement de la silhouette qui s'avançait vers elle la fit tressaillir. Elle l'avait déjà entendu auparavant. Qui se tenait donc au bout de cette ruelle hostile ? Telle une proie face à son prédateur, Clara balaya rapidement les lieux de ses yeux fatigués.

– Tu ne pourras pas t'échapper, cela ne sert à rien. Cette voix, bon sang, où l'avait-elle entendue ? Soudain, rassemblant le peu de force qu'elle possédait, elle se mit à courir tête baissée vers son adversaire. Le temps s'écoulait au ralenti. L'unique réverbère qui éclairait la ruelle se mit à clignoter. Les gestes de Clara étaient saccadés, elle semblait se téléporter d'un mètre à l'autre, éclairée par intermittence. Sûr de lui, l'homme ne broncha pas. Ricanement.

Pourtant, il sentit une douleur énorme dans son ventre qui le fit se plier en deux tant elle était forte. Clara venait de l'attaquer comme l'aurait fait un taureau en furie. Il tituba avant de tomber sur les genoux.

– Tu ne comprends donc pas, dit-il d'une voix à peine audible.

Clara préféra s'éloigner à toute allure sans même se retourner. Au bout de quelques minutes, alors qu'une pluie battante venait de s'abattre sur la ville, Clara se retrouva devant la camionnette blanche. Cette fois, elle tenta d'y pénétrer pour s'y mettre à l'abri. *Idiote ! Tu n'aurais pas pu y penser plus tôt ?* Mais alors qu'elle venait de poser la main sur la poignée, elle sentit une pression au niveau de son poignet. L'homme venait de l'attraper et serrait fort. Elle lâcha un cri de colère. Elle ne parvint à voir ni le corps ni le visage de l'homme, seul son bras était éclairé.

Son sang se figea lorsqu'elle aperçut le tatouage sur ce bras sans corps. Il s'agissait du même que le sien placé exactement au même endroit ! Les secondes cessèrent de s'égrener. Elle était abasourdie. Cette voix… ce tatouage. Mais qui diable était ce type ?

– Je te l'ai dit, je ne te laisserai pas partir. Enfin, il n'y a de toute façon aucune issue.

Il finit par la tirer en arrière. Clara hurlait, se débattait, il était bien trop fort.

– Je te ramène à l'intérieur, Clara, dans ta cellule, tu dois rester avec moi. Sans toi, je serais perdu.

Des larmes de désespoir noyaient les yeux de la captive. Cet homme était fou à lier !

Mais pourquoi avait-elle cette impression étrange de le connaître ?

Lorsqu'elle interrogeait les gardes, on lui rétorquait qu'elle avait rêvé. Que rien ne s'était passé, qu'elle n'était pas parvenue à s'enfuir et que le jeune homme qui l'avait pourchassée n'était que le fruit de son imagination. Pourtant, elle en était convaincue, elle s'était échappée et ce type portait le même tatouage qu'elle !

En ouvrant les yeux, elle vit Bob la dévisager. La lumière de la pièce lui fit plisser les yeux. Elle regarda autour d'elle, affolée. Elle se trouvait toujours dans l'infirmerie.

32

M. Concerto, installé sur un coin de son matelas, tenait la lettre de sa femme dans une main. Le reste du contenu de l'enveloppe se trouvait à côté de lui. Il n'y avait pas touché. Il tremblait de tout son corps. Il avait lu et relu la feuille qu'il ne lâchait pas du regard. Il s'agissait d'une mise en bouche à la dizaine de pages qu'il avait tant de mal à parcourir. L'introduction était claire, il avait été ignoble avec Arielle. Le pire, c'était qu'il n'avait aucun souvenir de ce qu'elle avançait. Il n'avait pas pu agir de la sorte, c'était impossible. Il aimait sa femme et jamais il ne lui aurait fait de mal. En silence, ses paupières laissèrent des larmes s'échapper.

Il se frotta le visage, se leva pour se détendre les jambes et s'installa dans une encoignure de sa cellule. Peut-être méritait-il d'être là en définitive ? D'un autre côté, Arielle avait aussi pu monter cette histoire de toutes pièces. Il ne pouvait pas en être autrement. Il n'était pas quelqu'un de mauvais. Il avait donné tout son amour à cette femme, dès le premier jour. Elle avait été toute sa vie et elle l'avait poignardé dans le dos. *Elle t'a trahi… Déchire ce torchon… Elle ment… Non, tu as été horrible avec elle… À cause de toi, elle ne pouvait plus voir ses proches…* La conscience de M. Concerto le broyait. Ces mots s'entrechoquaient dans sa tête. *Et rappelle-toi ce qu'elle a subi parce qu'elle ne parvenait pas à être enceinte…*

D'après la lettre d'Arielle, le début de leur mariage avait été parfait. La situation s'était mise à dégénérer lorsque M. Concerto avait décrété que sa femme était peut-être possédée par une entité invisible. Ils tentaient d'avoir un premier enfant un an après leur mariage, mais la nature en avait décidé autrement. La semence du mari ne semblait pas féconde. Il commença à s'inquiéter. Pour lui, s'ils ne parvenaient pas à engendrer un bébé, cela devait être l'œuvre du Diable. En pieux croyant, M. Concerto croyait dur comme fer que le Bien et le Mal passaient leur temps à se mesurer l'un à l'autre. Et, dans le cas d'Arielle, le Mal avait remporté la bataille. De nature très persuasive, le mari avait convaincu la jeune femme de se faire désenvoûter. Le soir même, deux amis aussi allumés que lui et prétendument magiciens avaient débarqué chez eux. Cette soirée allait être le moment le plus marquant pour Arielle qui s'était prêtée au jeu par amour pour son mari. Mal lui en avait pris.

Après un dîner dans la bonne humeur, les amis du couple avaient demandé à Arielle de se débarrasser de ses vêtements. Elle pouvait néanmoins garder ses sous-vêtements. L'exorcisme pouvait commencer. On lui demanda de ne pas bouger. On lui expliqua que ce qu'ils allaient réaliser n'était pas destiné à sa personne, mais au démon qui habitait son corps. On lui banda les yeux avant de sortir d'un sac à dos le matériel nécessaire à ce genre de pratique. On introduisit des écouteurs dans ses oreilles d'où émanaient des versets religieux qu'elle ne comprenait pas. On aurait dit un mélange étrange de latin et d'araméen. Elle avait ensuite senti une pression au niveau de la veine jugulaire. On la secouait de tout son être.

Au bout d'une dizaine de minutes, elle avait senti quelque chose lui fouetter le dos. Elle avait fini par retirer le foulard noir qui l'empêchait de voir et les écouteurs qui continuaient leur psalmodie. Le coup qu'elle avait reçu avait été donné par son mari, tandis que les deux autres semblaient déverser une lave d'incantations magiques. Arielle avait fini par fuir lorsque son mari lui avait demandé de se laisser faire. C'était pour leur bien à tous deux.

Elle avait quitté son foyer avec pour tout vêtement son imperméable recouvrant son corps meurtri. Elle en avait voulu à mort à son mari. Elle écumait d'avoir accepté cette mascarade. Elle n'était pas tombée enceinte au bout de seulement un an de mariage ! Cela n'avait rien à voir avec les démons. *Quelle idiote !* avait-elle pesté.

Fou de rage, M. Concerto était bien entendu parti à sa recherche. À ses yeux, elle ne voulait pas avoir d'enfants, c'était clair.

Après plusieurs jours de discussion très mouvementée, leur relation s'était améliorée. Pas pour longtemps, cependant.

Plus tard, une nouvelle histoire avait poussé Arielle à placer son époux dans une institution spécialisée. S'il voulait connaître la suite de ce qu'il appelait désormais *Ma biographie selon Arielle*, il fallait que M. Concerto lise le paquet de feuilles qui se trouvait toujours sur son matelas. Il s'en approcha, réprima une envie de tout déchirer en lambeaux, mais il n'en eut pas le temps. On frappa à la porte. C'était l'heure de la douche.

33

« Hier matin, encore une dizaine d'hommes et de femmes âgés de 65 ans et plus ont été arrêtés dans le cadre de la loi promulguée par notre nouveau Président. Comme vous le savez, cette loi vise à contrôler la surpopulation, le vieillissement de la population et à alléger les dépenses en allocations et en pensions.

D'autre part, les détracteurs de cette loi ont organisé une manifestation pour protester contre des pratiques qui vont à l'encontre de la démocratie et des droits fondamentaux… »

Les poils de Charles se hérissèrent en écoutant les informations du jour. Il savait bien qu'il aurait dû faire partie de ce lot. La veille, les forces de l'ordre étaient venues le chercher. Par chance, Rose avait été exceptionnelle. Elle était parvenue à déjouer les plans que le gouvernement avait élaborés. Il était conscient du fait qu'il y avait un sérieux problème de surpopulation et que dans ce système les jeunes n'étaient pas assez nombreux pour payer les pensions. Par conséquent, le nouveau Président de son pays avait tout bonnement décidé d'instaurer un âge butoir. Il avait estimé, contre l'avis général, qu'une personne ayant atteint son soixante-cinquième anniversaire devait disparaître.

« Ces personnes ont profité de leur vie. C'est un bel âge pour tirer sa révérence dignement. À quoi bon vivre jusqu'à quatre-vingt-dix ans si votre corps est en putréfaction ? C'est en outre le meilleur moyen de venir à bout de la surpopulation et de la pauvreté qui en découle », avait-il affirmé avec aplomb et fierté.

Bien entendu, cette annonce avait déclenché une vague de réactions hostiles au Président : émeutes, menaces et grèves avaient ponctué le quotidien de cet État prêt à imploser. Ce qui avait particulièrement choqué Charles et Rose, c'étaient les déclarations de certains jeunes adultes qui trouvaient cette loi dure, mais nécessaire. Selon eux, le Président avait raison. Ils ne voulaient plus donner leur argent aux vieux qui ne travaillaient plus. *Un jour, vous serez âgés aussi…*, avait pensé Charles, plein d'amertume.

Rose ne voulut pas en entendre davantage. Elle s'empara de la télécommande pour mettre fin à ce calvaire sonore. Elle voulait qu'ils discutent sur-le-champ. Elle ne pouvait plus faire semblant et somma Charles de lui faire connaître sa décision. Pouvait-elle prendre rendez-vous avec le chirurgien ? Leur fils pouvait-il lancer les démarches en vue d'obtenir une nouvelle identité ? Charles s'affala sur le lit.

Silence.

L'atmosphère pesante de la scène empêchait presque Rose de respirer. Elle tenta de garder son calme et rejoignit son mari. Assise dans un coin, elle le jaugea un instant, puis haussa le ton pour lui lancer :

— Alors ? Je t'ai posé plusieurs questions. Vas-tu répondre à la fin ?

Charles se retourna pour lui faire face, lui caressa la joue et annonça qu'il n'avait pas encore pris sa décision. Il comprenait Rose, lui aussi avait très peur. Un voile d'angoisse assombrit le regard de la femme. Il ne pouvait plus continuer ce petit jeu. D'ailleurs, il n'y avait pas à épiloguer. C'était la vie ou la mort. Comment pouvait-il prendre des journées entières à réfléchir ? On n'avait pas le droit d'hésiter. La vie ou la mort ? Charles tenta de la calmer, en vain. Le choix était bien entendu la vie, mais quelle vie ? Il lui expliqua qu'il était dévoré par ses peurs. Rose était consciente que la situation était horriblement difficile. Il fallait cependant que Charles se décide au plus vite. Elle était parvenue à se débarrasser des hommes qui étaient venus la veille, mais ils reviendraient. Et cette fois-là, elle ne pourrait peut-être pas les empêcher de passer la maison au peigne fin.

Elle finit par se lever, exaspérée et affligée. Elle avait le sentiment funeste que son mari avait choisi d'en finir avec cette vie ; mais il cherchait les mots pour annoncer sa décision. Rose quitta la cave en annonçant qu'elle reviendrait pour le dîner.

Charles demeura seul face à son désespoir. Il avait pris sa décision, mais ne parvenait pas à l'avouer à Rose. Ils étaient tellement complices ces derniers jours. Il ne pouvait se résoudre à lui faire du mal. Elle souffrait déjà assez. Il prit la flasque qu'il cachait sous le lit et en but une grande gorgée avant de se plonger dans sa lecture. C'était la première fois qu'il se sentait réellement prisonnier de sa cave, de sa vie, de lui-même. Il avait l'impression qu'à mesure que les jours passaient, les murs de cet endroit se rapprochaient les uns des autres. Il était pris au piège. Il avait besoin d'air. Comment faire ? Il ne pouvait pas quitter sa prison, c'était trop risqué.

Il ferma les yeux et s'imagina étendu sur une plage, les rayons du soleil lui caressaient à présent la peau. Il tourna la tête. Rose et leur fils étaient au bord de l'eau. Ils jouaient au ballon. Il entendait les éclats de rire de son fils. Il l'entendit appeler « Papa, papa ! Viens nous rejoindre ! » Charles se leva, retira les grains de sable qui recouvraient ses mollets et courut s'amuser avec sa famille. Il sourit à l'idée que l'imagination était capable de faire des miracles. Pendant un court, trop court instant, il s'était évadé de cet endroit. Quand il rouvrit les yeux, il fut abattu par l'obscurité dans laquelle baignait sa réalité.

34

Françoise se leva de bonne heure. Ce matin, Julie était enfin autorisée à quitter l'hôpital. Elle trépignait d'impatience de la prendre dans ses bras.

Elle avait été épatée par sa force : pas une plainte, pas une larme. Aujourd'hui, elles allaient passer la journée ensemble. Elles se rendraient au parc, mangeraient une crème glacée, visiteraient les magasins de jouets. Bref, le genre de moments que Françoise aurait dû offrir plus souvent à son enfant.

Elle se doucha, se vêtit et engloutit son petit-déjeuner avant de quitter la maison en direction de l'hôpital. Dans un futur qu'elle espérait très proche, elle ramènerait son mari à la maison. C'était décidé, elle prendrait des congés pour s'occuper d'eux et ensemble, ils pourraient venir en aide à Clara qui était en danger, elle le sentait.

Arrivée à destination, Françoise gara sa voiture non loin de l'entrée. D'un pas pressé, elle se dirigea vers l'accueil et annonça qu'elle venait chercher sa fille. Mais, auparavant, elle désirait rendre visite à son époux. L'infirmière se confondit en excuses.

Ce patient ne pouvait recevoir aucune visite à cette heure de la matinée. Le médecin était auprès de lui et on ne pouvait les déranger. Déçue, Françoise abdiqua et s'avança vers l'aile réservée aux enfants. Elle repasserait en fin de journée.

Dans la chambre, la petite Julie attendait la venue de sa maman. Sa petite valise posée sur le lit était prête. Il fallait juste que Françoise la ferme. Plus tôt, une infirmière, la préférée de la fillette, était venue pour rassembler ses affaires et les disposer dans sa valise.

Lorsque Françoise ouvrit la porte, Julie courut se blottir dans ses bras. Une onde d'émotion s'empara de la mère. Elle pleura de ravissement. Elle embrassa sa fille, lui promettant qu'à présent elle serait là plus souvent et qu'elles allaient passer une journée inoubliable ensemble. Papa était encore dans sa chambre d'hôpital, mais il se rétablirait très vite. Du moins, c'était ce qu'elle espérait…

En attendant, elles organiseraient une petite fête pour son retour. La petite, folle de joie à l'idée de surprendre son père, riait aux éclats. Elle prit sa veste dans le placard, prête à quitter cet endroit pour retrouver ses peluches et poupées à la maison. Françoise tira la fermeture Éclair qui faisait le tour de la valise avant de l'empoigner. Main dans la main et souriantes, elles quittèrent l'hôpital prestement.

Installées dans la voiture, Françoise dressa la liste des activités prévues pour la journée. Bien entendu, si sa fille préférait rentrer à la maison, elle comprendrait. Après un moment de feinte hésitation, Julie annonça, le regard espiègle :

— Je suis contente d'aller manger une glace et de recevoir un nouveau jouet.

Sa maman n'avait pourtant pas parlé d'en acheter. Elles rirent toutes les deux de bon cœur.

La journée était belle et ensoleillée, la température était douce pour la saison, un régal pour les amateurs de marche à pied. Elles commencèrent par une promenade dans le parc. Françoise avait fait un crochet par la boulangerie avant de se rendre à l'hôpital. La fillette sourit lorsque sa maman lui tendit un pain au chocolat. Sur un banc, elles dégustèrent leurs viennoiseries avec délectation.

Cela faisait longtemps que Julie n'avait pas mangé ce qu'elle considérait comme un vrai petit-déjeuner. *Les céréales me plaisent, mais tous les jours, ça lasse*, expliqua-t-elle à sa maman. Françoise se surprenait toujours à entendre sa fille de six ans utiliser un vocabulaire d'adulte. La petite fille tenait cela de son père. Il avait prévenu sa femme dès la naissance de leur bébé. Il n'accepterait pas qu'on lui parle un langage trop enfantin. Pour lui, un enfant, si on lui parlait normalement, serait plus vif et son cerveau plus aiguisé. Pas de *bobo* ni de *dodo*. À l'époque, Françoise s'était insurgée, arguant qu'un enfant s'exprimait mieux avec des vocables d'une syllabe ou deux. Mais aujourd'hui, elle était fière que sa fille ait un vocabulaire riche en nuance. Elle était persuadée que les portes s'ouvriraient plus facilement lorsqu'elle serait adulte.

Après la promenade dans le parc s'ensuivirent le glacier, le magasin de jouets, l'achat d'une nouvelle poupée, le cinéma.

De retour chez elle, Julie demanda à sa maman si elle pouvait s'allonger un peu. Elle se sentait fatiguée et avait la tête qui tournait. Pendant le repos du petit être, Françoise défit la valise, introduisit les affaires dans le lave-linge avant de s'écrouler dans le fauteuil du salon. Elle se sentait finalement moins coupable. Julie et elle avaient passé un excellent moment ensemble.

Le portable, que Françoise avait mis sur mode silencieux pour ne pas être dérangée pendant la journée, vibra dans son sac. Au bout de la cinquième sonnerie, le médecin qui se chargeait de René enregistra une bien triste nouvelle sur le répondeur.

35

Hilare, Clara tenait un flacon de chloroforme dans la main droite. Elle était parvenue à ouvrir le placard qui lui faisait les yeux doux depuis son transfert dans l'infirmerie. Grâce à ce produit, elle était désormais convaincue de pouvoir s'enfuir. Il fallait maintenant que le garde commette une maladresse.

Elle ne désirait lui faire aucun mal, mais elle ne pouvait plus rester les bras croisés. S'extirper de cette situation était son seul et unique objectif. Consciente qu'elle n'aurait ni le temps ni la force de plaquer une compresse imbibée du précieux liquide, elle décréta qu'elle aspergerait le visage de quiconque se mettrait en travers de sa course. *S'ils ne perdent pas connaissance, au moins, ils seront désorientés*, pensa-t-elle. Elle soupira de soulagement. Elle entrevoyait enfin l'issue au bout de ce long tunnel.

On frappa à la porte. Clara sursauta. Son cœur s'emballa, sa respiration s'accéléra. La serrure grinça. Elle s'empressa de camoufler son trésor sous le matelas du lit. Le gardien posa le plateau sur la table. C'était l'heure de dîner. Clara le remercia et tenta d'en savoir plus sur le retour de ses bourreaux. Il semblait préoccupé. Sans le brusquer, Clara voulut connaître les raisons de sa grise mine. Il esquiva la question en lui proposant de manger un morceau. Il fallait qu'elle prenne des forces.

Bientôt, elle retournerait dans sa cellule. Les yeux de Clara se remplirent de larmes. Elle allait se retrouver une fois de plus dans ce trou. *Tout, mais pas ça.* Il était désolé, mais il devait obéir aux ordres et il valait mieux qu'au retour des deux autres, Clara soit là où ils l'avaient laissée. Une boule brûlait la gorge de la détenue qui ne parvint pas à rien avaler. Le gardien finit par la quitter, lui assurant qu'il était désolé de cette nouvelle. Le claquement de la porte résonna dans la tête de Clara tel un gong. Bien qu'elle se figurât parfaitement qu'elle retournerait dans cette immonde cellule, Clara sentit le désespoir l'envahir.

De l'autre côté de la porte, le gardien haussa les épaules et baissa la tête. Il avait appris que les deux autres avaient été transférés dans une autre prison du pays. Un nouveau collègue viendrait lui prêter main-forte dès la semaine suivante. En attendant, il devait se contenter d'obéir aux nouveaux ordres. Jusqu'à présent, sa tâche n'avait pas été compliquée, aucun supérieur n'était venu vérifier son travail. Mais, il devait s'attendre à une visite sous peu. D'ici là, comme on le lui avait demandé, il devait s'arranger pour mettre en œuvre la dure tâche qui lui incombait : éliminer, d'une façon ou d'un autre, cette étrangère qui en avait déjà assez fait. *Comment faire pour te tuer, Clara ? Moi, qui au fond de mon être voudrais te serrer contre ma poitrine.* Il prit le chemin de son bureau où une bouteille de vodka l'attendait.

Clara s'installa sur le lit, la tête pleine de doutes. Elle devait échafauder un plan, se tenir prête. Elle n'avait qu'une seule chance de s'échapper. Si elle la manquait, les conséquences seraient terribles, elle le savait. Le meilleur moment de fuir serait lorsque le gardien viendrait lui apporter son petit-déjeuner le lendemain matin. Elle pourrait lui jeter le chloroforme au visage et courir le plus vite possible. Malgré sa situation, Clara se sentit coupable d'envisager de blesser le gardien qui l'avait soignée. Pourtant, elle devait mettre ses scrupules de côté et ne penser qu'à la liberté.

Elle s'allongea, fixant le plafond. Demain, elle serait enfin libre, elle en était sûre. Un léger picotement sur l'avant-bras se fit sentir. Sans même y prêter attention, la jeune détenue se gratta là où un symbole en forme de II ornait sa peau.

36

M. Concerto venait de recevoir son repas et son cocktail de médicaments. Après chaque ingestion de ces cachets, un coup de massue l'assommait. Cette fois, il tint bon, il ne désirait plus perdre de temps, il fallait qu'il lise la lettre d'Arielle. Avec bien des efforts, il saisit l'enveloppe et poursuivit sa lecture. Malgré les mots que sa femme avait gravés sur le papier, il ne ressentait aucun remords. Pourtant, d'après elle, il avait été ignoble avec son entourage.

L'angoisse s'empara de lui lorsque ses yeux découvrirent la phrase concluant la longue histoire décrite par sa femme : *ci-joint, tu trouveras une lettre dont tu reconnaîtras facilement l'écriture.* Son cœur fit un soubresaut en apercevant l'écriture si familière : c'était la sienne ! Il prit une goulée d'oxygène. Le moment était venu. Il allait enfin savoir pourquoi Arielle avait décidé de le faire interner. Il déplia la feuille de papier et entama sa lecture :

Cher monsieur mon beau-frère,

Je n'ai pas besoin de me présenter, tu sais qui je suis. Je voulais simplement te demander de ne plus t'approcher de ma famille, elle ne t'appartient pas. Tu as compris ? Nous savons tous que tu ne supportes ni mes parents, ni ma femme, ni moi. Alors, cesse de faire l'hypocrite et passe ton chemin. Oublie-nous et mène ta vie comme si nous ne nous connaissions pas.

Ensuite, tu es atteint d'une maladie prétendument incurable, mais ne te plains pas, car la roue tourne. C'est un juste retour du destin. Tu te souviens lorsque j'ai eu mon cancer, tu passais ton temps à feindre la peine alors qu'au fond de toi tu te réjouissais de me voir dans l'état où j'étais. Tu as passé beaucoup de temps à t'occuper de moi, comme un frère l'aurait fait, mais je ne suis pas dupe : j'ai vu clair dans ton jeu. Moi, je ne me suis jamais plaint. Seuls mes proches étaient au courant du mal dont je souffrais. Contrairement à toi, je ne l'ai pas crié sur tous les toits. Toi, tu t'es empressé de l'annoncer à tout le monde pour t'assurer la compassion, le soutien et te faire cajoler de tous. Tu es pathétique. Tu n'es plus que l'ombre de toi-même, un infirme qui profite de la gentillesse des autres.

Le plus triste, ce n'est pas ton état, mais celui de ma sœur. À cause de toi et de ta pseudo-maladie, ma sœur n'a plus de vie. Elle doit tout prendre en charge : l'entretien de la maison, l'éducation des enfants, travailler pour payer tes médicaments, qui ne sont que des placebos, tu le savais ? Quoi qu'il arrive, tu vas crever. Alors, disparais au plus vite et soulage tout le monde. Mais non, égoïste comme tu es, tu t'accroches à ta misérable vie pour être sûr de gâcher celle des autres.

Tu sais, les autres ne disent rien, mais ils pensent comme moi. Je dis simplement tout haut ce qu'ils murmurent, ces hypocrites. En attendant ton trépas, pourquoi ne te fais-tu pas interner dans une institution spécialisée, hein ? Libère ta femme et va passer le reste de tes jours comme tu l'as fait jusqu'à présent : assisté par les autres. Au moins, ma sœur pourra refaire sa vie au plus vite et oublier ses années infernales auprès d'un pauvre infirme en pourrissement.

Voilà, j'ai fini. J'espère que le message a été clair.

M. Concerto, avachi, laissa tomber la lettre de ses mains. Il ne comprenait pas. Il n'avait aucun souvenir de cette missive. Il s'agissait bel et bien de son écriture, mais il ne parvenait pas à croire qu'il avait été l'auteur de ces phrases destructrices. Il n'ignorait pas que la situation de son beau-frère était terrible. Il pouvait à peine se remuer, dévoré par une maladie rare et incurable. M. Concerto l'avait souvent suspecté de jouer la comédie, de profiter de la situation. Oui, il avait à maintes reprises affirmé que son beau-frère n'était pas réellement malade.

Mais il ne pouvait pas croire qu'il ait pu être à ce point abject. C'était impossible. Quelqu'un avait dû imiter son écriture. Cette lettre conjuguée au récit d'Arielle dépeignait un être immonde. Il n'acceptait pas cette réalité. Il en était incapable.

Tout cela n'était que le fruit de son imagination. Il allait se réveiller et sortir de ce cauchemar. Il n'était pas enfermé. Il ne venait pas de lire une description nauséabonde de sa personne. Non. Il était en plein mauvais rêve et, bientôt, il se réveillerait chez lui, dans son lit. Les voix recommencèrent à le supplicier.

Comme toujours, il ne parvenait pas à en saisir la signification. Il se mit à beugler. Au fond, il espérait qu'on viendrait lui faire une injection pour qu'il retrouve son calme. Hurler était en général l'élément déclencheur. Une infirmière ne tarderait sans doute pas à venir. Il n'en pouvait plus. Les monstres qui hantaient son inconscient allaient le rendre dément.
Mais tu es déjà fou à lier.

« Qui est là ? », cria-t-il. Une chirurgie ? As-tu pris ta décision ? Je m'en veux tellement. Je ne peux pas avoir d'enfants. Que sa maladie l'emporte ! « Taisez-vous ! Je ne veux plus rien entendre. »

Mais que faisaient donc les infirmiers ? Personne ne pouvait donc venir lui injecter ce maudit liquide analgésique, à la fin ? Il s'empara des lettres et les mit en lambeaux avant de jeter le tout par terre. Il finit par se laisser tomber sur le lit. Il était trempé de sueur et à bout de souffle. Il ferma les yeux, mais une succession des pires moments de sa vie défila dans sa tête. Il était enfant dans la cour de récréation. Ses camarades se moquaient de lui. Il ne pourrait jamais avoir d'enfant. Il se disputait avec sa sœur. Il invectivait Arielle. Il était enchaîné sous la douche.

M. Concerto ouvrit les yeux et se mit en position assise. Les yeux rouges de colère et de tristesse, il marmonnait des phrases incompréhensibles en dodelinant d'avant en arrière. Ce jour-là, personne n'était venu le tranquilliser. Tout le monde l'avait abandonné. Il était comme le pus dont on se débarrasse en perçant un bouton d'acné.

Il se leva, alla à la porte et frappa de son poing contre le hublot de toutes ses forces pour attirer l'attention de quelqu'un. Il se mit sur la pointe des pieds pour jeter un coup d'œil à travers le plastique épais. Le corridor semblait désert. Personne. Ce n'était pas normal. D'habitude, il y avait de l'activité : des médecins, des infirmiers, des fous attachés à un brancard se débattant.

Aujourd'hui, rien. Le gouffre.

Si seulement ce satané hublot avait été placé plus bas, il aurait pu se frapper la tête à s'en fracasser la boîte crânienne. Il ne désirait qu'une chose : disparaître. Quitter ce monde, périr. Il se mit à genoux, les mains jointes vers le plafond et implora Dieu de lui venir en aide. Il pria jusqu'à ce que le harassement ait raison de lui. Il finit enfin par s'effondrer telle une masse sur le sol rembourré de cette geôle molletonnée.

De son bureau, grâce au moniteur relié à la minuscule caméra incrustée dans un mur de la chambre de M. Concerto, le Dr Quint avait observé toute la scène. *Mmm, il a enfin lu la lettre, on va pouvoir commencer à avancer. Il n'a pas l'air d'être très content, mais est-ce contre lui-même ou contre les autres ? Considère-t-il toujours qu'il est la victime et que tous les autres se liguent contre lui ? Ou bien a-t-il finalement compris qu'il allait mal… très mal. Rendez-vous demain, M. Concerto. J'ai bon nombre de choses à te faire découvrir sur toi-même*, assura le docteur.

37

Depuis le décès récent de son mari, Françoise n'avait plus goût à la vie. Sa petite fille avait été confiée à sa grand-mère maternelle. Il valait mieux pour elle. Françoise n'était pas en mesure de prendre soin de son enfant pour le moment. Le sort semblait prendre un malin plaisir à s'acharner sur sa vie. Était-elle maudite ? Avait-elle commis une exaction ? Était-ce son châtiment ? Ces questions tournaient en boucle dans sa tête, la torturant. Elle n'était plus qu'un paillasson usé dont il fallait se débarrasser. Il fallait le remplacer par un neuf.

Elle aurait voulu jeter son existence actuelle aux ordures pour acquérir une vie flambant neuve. Mais le miroir lui reflétait chaque matin le faciès d'une femme en décrépitude. Elle avait surmonté tant de difficultés, elle pensait être forte. Mais, sur le chemin de cette vie mouvementée, elle avait oublié qu'elle n'était qu'un être humain. Elle mesurait aujourd'hui combien elle était faible, au fond.

Installée dans un fauteuil du salon, la pénombre l'entourait. Elle ne bougeait pas, seul son diaphragme se contractait au rythme de sa respiration. Le regard vitreux, elle ressassait encore et encore les bons moments de sa vie avec René. Elle réalisait à quel point son existence allait disparaître à petit feu sans lui. Elle empoigna la bouteille de vodka qu'elle avait posée sur la petite table en bois marron et but au goulot. Elle avala le liquide transparent comme si cela avait été de l'eau. À mesure qu'elle engloutissait l'alcool, la torpeur l'attirait inexorablement dans un gouffre obscur qui aurait effrayé un croque-mort.

Lorsqu'elle eut vidé la bouteille, elle la lança contre le mur provoquant un bruit de verre cassé qui déchira le silence sépulcral de l'appartement.

La mélodie électronique du téléphone se fit entendre. Françoise demeura figée, les yeux rivés sur la trace laissée sur le mur par le choc. Au bout de la septième sonnerie, la voix de sa mère émana du haut-parleur du répondeur. Elle était terriblement inquiète pour Françoise. La petite demandait sans cesse de ses nouvelles. Il fallait qu'elle se reprenne au plus vite. Elle comprenait son désarroi et son chagrin, mais elle devait s'occuper de son enfant. Elle passerait la voir plus tard dans la journée, si le temps le lui permettait. Elle attendait de ses nouvelles et l'embrassa avant de raccrocher.

38

Sur fond de ciel opaque et menaçant, les éclairs déchiquetaient les nuages, illuminant la ville à intervalles asynchrones. Charles était installé sur sa chaise. Il pensait en souriant à sa vie perdue. Il inspira profondément avant de se masser les tempes comme pour retenir ces merveilleux instants dans son crâne. Lorsque, soudain, un bruit le fit sursauter. Il leva les yeux vers le plafond, se concentra pour mieux entendre. Il ne parvint pas à déterminer la nature de ce crépitement qui se fit plus pressant. Il fallut plusieurs longues secondes pour que Charles perçoive les cris de Rose. Il se raidit lorsqu'il entendit des pas précipités qui se dirigeaient vers la porte d'entrée. Il quitta la cave. Cette fois, il n'avait pas le choix : il devait prendre le risque de s'exposer. Sa femme avait besoin de lui.

À l'extérieur, sa voix appelait au secours. Le cœur battant, Charles gravit les escaliers qui menaient à l'étage. Il sentit une odeur de fumée. Le souffle court, il se figea net lorsqu'il parvint à la dernière marche de l'escalier. La cuisine n'était plus qu'un immense brasier. Les flammes étaient en train de dévorer les murs. Il tenta de s'avancer vers le rideau de feu, mais la chaleur était insupportable. Comment s'en sortir ? Personne ne semblait entendre les hurlements de Rose.

Les fenêtres de la cuisine éclatèrent sous la pression, une rafale s'engouffra, le feu changea de direction. La fumée était de plus en plus épaisse, les poumons de Charles commencèrent à brûler. Il fit un pas en arrière. Tout semblait se passer au ralenti, pourtant les flammes s'avançaient inexorablement vers le vieil homme qui s'accrochait à la rampe pour ne pas tomber. *Mon Dieu, je vous en prie, pas de cette manière… Pas brûlé vif !* Charles toussa très fort, tenta de rassembler toutes les forces qui lui restaient et descendit l'escalier qui menait à sa cave.

Des fantômes de fumée semblaient le poursuivre. Charles continua à prier en silence. *Pas comme ça. Pitié, pas brûlé vif. Pas maintenant ! Je n'ai pas pu dire au revoir à mon amour.* Au-dessus de sa tête, le plafond grondait, les flammes étaient en train de tout détruire.

La seule issue vers la rue était une petite fenêtre par laquelle il ne pourrait jamais passer. Charles eut soudain une vision de l'horreur. Il se vit prendre feu, son pyjama se souder à sa peau, son visage fondre comme de la cire, son corps tout entier disparaître sous les flammes. Il chassa rapidement cette pensée de son esprit. Tout semblait tourner autour de lui. Il avait grand besoin d'une bouffée d'oxygène. Sa gorge était en feu. Toute cette fumée. Cette chaleur. Il n'eut bientôt plus la force de tenir sur ses jambes, s'effondra sur les genoux et finit par s'allonger au sol. Il se rendit vite compte que l'air était plus supportable à cette hauteur. Il inspira et expira énergiquement. Un moment de répit. Ses idées s'éclaircirent un peu. Où était Rose ? Il ne l'entendait plus.

Soudain, de l'autre côté de la cave, à travers le rideau de fumée, il crut apercevoir une silhouette. *Rose !* Il appela encore et encore. Il rassembla le peu de forces qui lui restaient pour ramper jusqu'à cette ombre qu'il devinait féminine. Une détonation secoua la pièce du haut. Charles crut sa dernière heure arrivée. Submergé par la peur, il avançait à pas lents. Il avait cette sensation horrible de se mouvoir au ralenti. Il plissa les yeux pour mieux voir. Son sang se glaça dans ses vieilles veines… Devant lui, juste là, un jeune homme allongé sur le sol. Il portait des vêtements clairs et des baskets rouges. *Charles, tu délires, reprends-toi !* Il approcha lentement pour le toucher, mais un détail arrêta sa main en plein mouvement lorsqu'il s'aperçut qu'il portait sur le bras exactement le même tatouage que lui. Il sentit un goût métallique dans sa bouche. Il s'était mordu la lèvre.

Le plafond était maintenant sur le point de céder. Charles ne s'en sortirait pas, il le savait. Il finit par s'allonger sur le sol, face au plafond. Il attendit. Quelques secondes plus tard, le plafond vint s'écraser sur lui…

… le réveillant hors d'haleine et trempé de sueur dans sa cave qu'il inspecta d'un œil inquiet. Tout était comme d'habitude. Aucune trace d'incendie. À l'extérieur, le ciel était sombre, des filaments lumineux jaillissaient de toutes parts. Le tonnerre grondait si fort que Charles, dont l'esprit était encore embué, sursauta. *Maudit cauchemar !* maugréa-t-il.

Le front perlé d'une sueur glaciale, il contempla le plafond quelques secondes. Il ferma les yeux pour revoir le visage du garçon. Ce regard. Cette expression. Il lui était familier. Il l'avait vu quelque part, Charles en était certain. Au début, il ne put songer à rien d'autre qu'au cauchemar qu'il venait de faire. Il avait l'impression que les flammes continuaient leur valse macabre sous ses yeux. Après quelques minutes, ses pensées dérivèrent vers sa situation, bien réelle, elle.

39

L'angoisse écrasait Clara. Un sentiment de crainte et de joie mêlées traversa son être. Le jour était arrivé. Elle allait enfin quitter cet endroit, si ses jambes le lui permettaient… Elle avait perdu beaucoup de ses forces, mais demeurait confiante quant à ses capacités physiques. Elle le savait : elle pourrait courir vite, mais pas longtemps.

D'après les habitudes de Bob, Clara pouvait estimer assez précisément le moment où il viendrait lui apporter le petit-déjeuner. Ne tenant pas en place, elle se mit à sautiller, tel un sportif qui s'échauffe avant d'entrer en piste. Elle ferma les yeux et s'imagina faisant son footing matinal au bord de la mer. Elle sourit.

Essoufflée, elle fit une pause. Le jeune garde n'allait plus tarder à présent. Il fallait qu'elle soit prête à son arrivée. Clara sortit le flacon de chloroforme de sa poche, dévissa le bouchon et le posa sur la table. De sa main droite, elle tapota l'autre poche pour s'assurer que la seringue qu'elle avait remplie du précieux liquide s'y trouvait bien.

Cette seringue était son unique arme. Le flacon caché derrière le dos, elle attendait Bob de pied ferme. Cet endroit finirait par la détruire. Elle avait la chance d'être encore en vie et voulait le demeurer. L'adrénaline s'accrut subitement dans ses veines. Elle se mit à trembler. Le souffle court, elle tenta de reprendre ses esprits. *Respire, ma grande. Garde ton sang-froid, sinon tu vas tout gâcher.*

Un cliquetis métallique se fit entendre. *Mon Dieu, le voilà.* Le cœur de Clara était prêt à percer sa poitrine. *Respire.* Elle fit quelques pas en direction de l'entrée. Le garde eut à peine le temps d'entrebâiller la porte que Clara lui décocha la moitié du contenu du flacon au visage. Suffoqué et aveuglé par le liquide, le garde lâcha le plateau qu'il tenait en main pour frotter ses yeux qui le brûlaient. L'effet fut immédiat. Le jeune homme tomba inconscient.

Entre-temps, Clara s'était élancée le long des couloirs sombres et inconnus. Elle fut stupéfaite par la quiétude des lieux. Où étaient donc les autres prisonniers ? Lorsqu'elle était dans sa cellule, elle entendait régulièrement des gémissements. Elle continua à courir, priant qu'on ne l'arrête pas. Sans réfléchir, elle prenait à gauche, à droite, encore à gauche. Ce lieu était un véritable labyrinthe ! Elle ne tiendrait pas longtemps à cette allure. Ses jambes commencèrent à la faire souffrir. À plusieurs reprises, elle manqua de tomber. Elle devait se reposer un peu, sinon, c'en était fini d'elle.

Elle se dissimula derrière un pan de mur afin de reprendre son souffle et de masser ses jambes. Le jeune garde avait été bien assommé par le chloroforme. Il ne semblait pas s'être lancé à sa poursuite.

Clara regarda autour d'elle, la pénombre lui permettait à peine de définir les contours des murs qui semblaient conduire à l'infini. Un frisson lui parcourut l'échine lorsqu'elle se figura qu'elle était peut-être seule dans ce dédale. Mais où diable étaient les autres ? Et où se trouvait l'issue, s'il y en avait une ? Elle ne resta là que quelques minutes avant de reprendre sa course vers Dieu seul savait où.

De son côté, Bob, qui connaissait les lieux comme sa poche, reprit ses esprits. La tête lourde et la vision imprécise, il tenta de se remettre debout. Il peinait à marcher et posa une main contre le mur pour éviter de chuter. Il était à la fois furieux et compréhensif. À la place de Clara, il aurait fait la même chose ou peut-être pis. Mais d'un autre côté, il avait failli à son rôle et en subirait les conséquences s'il ne la rattrapait pas au plus vite.

En titubant, il s'engouffra donc dans le long couloir qui le mènerait sans doute à elle. Tous les couloirs communiquaient entre eux. Il serait très facile de la retrouver. À moins qu'elle n'ait eu le temps de dénicher la sortie.

À gauche. Tout droit. À droite.

Clara continuait sa course vers la liberté ignorant que quelqu'un la poursuivait. Elle avait l'impression de tourner en rond. Cet endroit était-il sans issue ?

Il fallait qu'elle découvre la sortie au plus vite. Le jeune garde allait bien finir par la poursuivre.

Soudain, un craquement se fit entendre. Clara s'arrêta net. Elle tenta de contrôler sa respiration. *Ne fais pas de bruit.* Elle jeta un coup d'œil rapide derrière elle. Personne. Elle posa sa main droite sur son cœur, de soulagement.

À pas feutrés, elle continua d'avancer le plus silencieusement possible. Au bout de quelques mètres, une lueur blanchâtre attira son attention. *Mon Dieu, ça y est, je vais pouvoir sortir d'ici.* Elle se mit à courir de plus belle, un seul objectif en tête : atteindre le bout du couloir. Mais, à mi-chemin, elle fut interceptée par un bras qui lui enserra le cou par l'arrière. Son sang se glaça. *Merde ! Je suis fichue.* Elle vit alors tous ses espoirs s'envoler.

40

Alors que les heures s'égrenaient, M. Concerto se préparait psychologiquement à affronter le Dr Quint. Il savait que la séance allait être éprouvante.

Ce satané médecin passait son temps à le cuisiner sans relâche. Cette fois, il devait collaborer s'il voulait obtenir quelque chose. Assis sur le matelas, il tenait la lettre d'Arielle dans sa main, comme pour se rassurer. Il n'ignorait pas que lui et le docteur allaient longuement évoquer ce qui y était écrit.

Ce matin, il ne se sentait pas très bien. Il avait la tête lourde, comme s'il avait trop bu la veille. Ce devait être à cause de la quantité énorme de médicaments qu'on lui administrait depuis quelques jours. L'infirmière lui avait simplement annoncé que tous ces comprimés faisaient partie de la seconde phase du traitement. Grâce à eux, il guérirait très vite et pourrait enfin rentrer chez lui. Il était isolé depuis des mois dans cette chambre dont le dénuement lui faisait froid dans le dos.

Le seul objet qui le reliait à la vie réelle était l'horloge qui le narguait à chaque *tic-tac*. Sa vie s'était arrêtée, mais le temps continuait sa course effrénée. Il aurait tant désiré joindre les mains, se concentrer sur ces fichues aiguilles afin d'en arrêter la progression. Il pencha la tête en signe de reddition.

On frappa sur le hublot de la porte. Ce devait être le Dr Quint. La procédure était différente. Avec lui, les patients ne devaient pas s'attacher. Ils avaient le droit de rester sur leur lit. De l'autre côté de la porte, le psychiatre semblait avoir quelques soucis pour déverrouiller la serrure. M. Concerto eut un court moment de satisfaction : *Ce vieux con ne parvient même pas à ouvrir une porte et il est censé me soigner ? Foutaises !* se dit-il. Il s'approcha, colla son oreille contre la porte.

Le Dr Quint récitait un chapelet de jurons, tout en réprimandant l'infirmière qui tardait à lui apporter un autre trousseau de clefs.

M. Concerto jubilait. *Pauvre idiot, tu auras beau tout faire, le sort est avec moi : nous ne voulons pas de cet entretien stupide.* Il entendit les sabots de l'infirmière s'approcher au galop. Elle se confondait en excuses. Déçu, il regagna son lit. Le docteur avait à l'évidence reçu la mauvaise clef.

Un cliquetis métallique retentit. Trois tours de verrou et le médecin apparut. Ce dernier tenta de camoufler son irritation, ses joues rougies le trahissaient. Il souhaita le bonjour à son patient et s'approcha de lui. Ils allaient pouvoir commencer. Mais auparavant, il désirait savoir comment se sentait M. Concerto. Il semblait affaibli. Apparemment, il avait encore eu une de ces nuits agitées qui le fatiguaient tant. Il avait la tête lourde, comme s'il avait absorbé un baril d'alcool. Le docteur remarqua que son malade tenait la lettre d'Arielle dans la main droite.

Il l'avait lue, il le savait déjà, mais il était surpris de découvrir qu'il avait rassemblé les morceaux avant de les coller à l'aide de l'adhésif présent dans chaque chambre.

Dans le but d'aider les patients à canaliser leurs humeurs, l'hôpital avait prévu dans chaque chambre un kit de bricolage. On y trouvait du papier, de l'adhésif ainsi que des crayons de couleur souples pour éviter que les patients ne se blessent.

– Je vois que vous tenez une lettre dans votre main droite. Est-ce celle de votre femme ?

Le docteur feignit de ne pas connaître la réponse.

– Ne faites pas celui qui ne sait pas, docteur. Étais-je en possession d'une autre lettre ?

– Vous avez raison. Excusez-moi. L'avez-vous lue ?

– Oui. Entre nous, je ne comprends pas. Je n'ai pas un caractère facile, mais je ne me vois pas faisant tout ce dont ma femme m'accuse. Mais j'ai compris son petit manège. Je ne suis pas dupe, vous savez. Elle veut me convaincre que je suis fou. Comme ça, elle peut mener sa vie comme bon lui semble. Je suis certain qu'il y a un autre homme là-dessous. Je ne suis pas dingue, docteur, et ne dites pas le contraire.

– Aucun de mes patients n'est fou, M. Concerto, je puis vous le garantir. Je dirais plutôt que la plupart d'entre eux souffrent d'une pathologie mentale curable. Les fous ne peuvent pas être soignés, toi, si.

– Oh ! À d'autres, docteur ! Pathologie mentale ? Ce n'est qu'un euphémisme pour ne pas dire « folie » ! Ne vous moquez pas de moi ! Et ne me tutoyez pas ! J'ai beau être beaucoup plus jeune que vous…

– Bon, revenons à cette fameuse lettre. Qu'en pensez-*vous* ?

– Je vous l'ai dit, je ne crois pas un mot de ce torchon. Je suis victime d'une conspiration dont ma propre femme est l'instigatrice.

– Ne dites pas n'importe quoi, elle vous aime et attend votre retour. Mais avant, nous devons travailler ensemble. Alors, je vous demanderai de collaborer. C'est pour votre bien.

– Alors, qu'est-ce que vous voulez savoir ?

– Je veux savoir comment vous vous sentez. Quelles sont vos impressions par rapport à cette lettre ? Où sont les voix que vous entendez ? Parce qu'elles sont bien là, n'est-ce pas ? Et Arielle n'y est pour rien. Elles sont dans votre tête, vous en conviendrez.

Entamons cette séance et travaillons ensemble. Je ne suis pas votre ennemi, M. Concerto. Je veux vous aider. Faites-moi confiance ! Commençons par mettre la lettre et cette prétendue conspiration de côté pour le moment. Qu'en est-il des voix ? Ont-elles diminué grâce au traitement ?

– Non. Enfin… si. Bref, je ne sais plus. J'ai l'impression qu'elles ont toujours fait partie de moi. Aujourd'hui, c'est comme si certaines d'entre elles étaient plus faibles que les autres. Je ne sais pas. C'est comme si certaines voix étaient mourantes. Ça semble ridicule, hein ? C'est comme mon état de ce matin, je suis dans le gaz et je ne sais pas pourquoi. Quoique… J'ai fait un rêve très confus. Une femme malheureuse s'enfonçait dans l'alcoolisme. Puis je me suis réveillé. Je me suis rendormi. J'ai entendu des pleurs. Et ce matin, j'ai la gueule de bois. Vos médicaments me saoulent littéralement, docteur Q.

– *Quint*, précisa le docteur. Cela prouve que le traitement commence à faire effet. Dites-vous que, petit à petit, chacune des voix finira par disparaître pour n'en laisser qu'une : la vôtre.

– Oui, oui… Donc, si je comprends bien, si je n'entends plus ces voix, je pourrai sortir d'ici ?

– N'allons pas trop vite en besogne, M. Concerto ! Il ne suffit pas de feindre de ne plus les entendre. J'ai de l'expérience, ne l'oubliez pas. C'est votre thérapeute, moi en l'occurrence, qui décide si oui ou non vous êtes en mesure de quitter l'hôpital. Lorsque les voix auront disparu, je le saurai. Il y a des signes qui ne trompent pas.

– Je suis fatigué. On a bientôt fini ? Vous vouliez que je vous donne mes impressions concernant la lettre de ma traîtresse de femme. Je vous ai parlé de mes rêves et des voix qui me hantent. Nous avons terminé, non ?

– Encore une question, M. Concerto. Je voudrais savoir les raisons qui vous ont poussé à déchirer la lettre pour ensuite en recoller les morceaux ?

– Je ne sais pas. Peut-être pour ne pas oublier à quel point ma femme m'a trahi.

– Ou peut-être qu'au fond vous savez qu'elle dit la vérité ? Que pensez-vous de ça ? Réfléchissez-y. Nous en reparlerons la prochaine fois. Je vous remercie, M. Concerto.

Le Dr Quint ne laissa pas le temps à son patient d'exprimer la rage qui l'avait envahi suite à sa dernière question. Il se leva, se dirigea vers la porte et quitta la chambre. De son côté, M. Concerto était en ébullition. Il aurait voulu se jeter sur ce docteur de malheur pour lui montrer toute la fureur qui l'habitait. Il tapa du poing sur le matelas.

Le Dr Quint termina la matinée dans son bureau, face à l'écran, en grignotant son sandwich. Il était satisfait de son entrevue avec M. Concerto. Il n'en avait pas retiré grand-chose, mais il l'avait secoué. La prochaine fois, il parviendrait à lui faire comprendre qu'Arielle ne mentait pas et qu'il était bel et bien l'être vil décrit dans la lettre. En attendant, il observait son patient tourner en rond dans sa chambre, la tête entre les mains.

41

Installé à la table, Charles rêvait de sa vie perdue. Rose et lui avaient jusqu'alors mené une existence empreinte de complicité, de joie et de peines, bien entendu. Comme tout un chacun, ils avaient traversé des périodes plus difficiles. Mais si on devait résumer leur histoire, on pourrait dire que leur amour avait bravé toutes les épreuves pour se renforcer à chaque coup dur.

Néanmoins, ce matin-là, il n'était pas de bonne humeur. Il avait jusqu'aujourd'hui gardé un moral de fer, mais il était en train de baisser les armes. Il était très affaibli par sa situation. L'air de cette cave devenait insupportable. Il n'avait plus la force de s'accrocher. Un goût amer emplissait sa bouche.

Charles ne pouvait plus supporter ce fardeau. Il fallait qu'il se décide à agir. Prendre les choses en main et en finir avec cette pitoyable vie. De toute façon, il finirait par mourir gazé ou empoisonné. Alors, à quoi bon se battre ? Il se leva, se dirigea vers le lit et s'y laissa choir comme un vulgaire sac de pommes de terre.

Plus tôt dans la matinée, Rose était sortie faire quelques emplettes. Il priait pour qu'elle prenne son temps. Il ne se sentait pas capable d'affronter ses questions, ses doutes et son chagrin. Non, pas aujourd'hui. Il voulait simplement qu'on laisse le cafard qui dévorait ses pensées continuer son œuvre.

Il avait abandonné toute échappatoire. Les idées saugrenues imprimées sur le livre qu'il tenait dans la main avaient été un bon divertissement, un moyen comme un autre de tuer le temps. Mais, il fallait rester réaliste, cette histoire n'avait ni queue ni tête. Qui s'amuserait à passer sous la lame acérée du scalpel pour se refaire une jeunesse et ainsi contourner cette loi stupide ?

Lui, il ne le ferait pas. C'était décidé. Si son heure était venue, il devait l'accepter. Et… Rose aussi ! L'idée de mourir le fit frissonner. Il n'avait plus le choix. Il ne désirait plus vivre pour vivre. Mieux valait accepter son destin et se rendre le plus tôt possible. Il savait que son fils s'occuperait de Rose et de la maison. Il pouvait quitter ce monde paisiblement, sa femme était entre de bonnes mains. Soudain, du bruit en haut.

Rose serait-elle déjà de retour ? Il connaissait bien les habitudes de sa femme : dans l'entrée, elle troquerait ses chaussures contre ses pantoufles ; dans la cuisine, elle poserait chaque denrée sur la table, elle rangerait ensuite les sacs en plastique dans le placard. Puis elle placerait boîtes, conserves et bouteilles là où elles devaient se trouver.

Pour finir, elle préparerait soit une omelette, soit un sandwich avant de rejoindre Charles dans sa cachette. Il lui restait une trentaine de minutes avant de l'entendre frapper à la porte et recevoir sa pitance quotidienne. En attendant, il allait se rafraîchir le visage, mettre son masque de « Monsieur sourire », allumer la télévision et attendre la venue de sa femme.

Charles ne s'était pas trompé, trente minutes plus tard, Rose apparaissait dans l'embrasure de la porte, plateau dans les mains et sourire sur le visage. Son regard trahissait pourtant ce qu'il ne supportait plus de voir : la peine. Elle posa le plateau sur la table, embrassa son mari et s'installa à ses côtés avant de lui prendre la main et de lui dire combien elle l'aimait. Charles fit de même.

Au menu, des omelettes dont seule Rose connaissait le secret. En une seule préparation, elle mettait un peu de tout : œufs, petits pois, oignons et champignons. Charles adorait ce plat d'une simplicité exquise, tout comme sa femme l'était. Il la remercia.

Tout au long du déjeuner, ils évoquèrent de bons moments de leur passé. De leur rencontre à la naissance de leur fils en passant par leur mariage. Ils rirent de bon cœur lorsque Charles évoqua la mésaventure qu'il avait vécue ce jour-là. Rose avait un chauffeur pour l'occasion et avait eu très peur lorsqu'en arrivant à l'église elle s'était aperçue que son futur mari n'y était pas. Charles était arrivé avec une heure de retard, les mains noires et le visage décomposé.

Lorsqu'elle l'avait vu arriver dans cet état, elle n'avait pas eu le temps de lui demander des explications ; il l'avait prise par la main et l'avait conduite jusqu'à l'autel en courant. Arrivés devant le prêtre agacé par le cirque qui se déroulait dans son église,

Charles avait présenté ses excuses pour cette entrée peu commune, il avait eu quelques soucis avec sa voiture, ce qui expliquait ses doigts noirs. Finalement, ils s'étaient dit *oui* pour la vie dans un fou rire général. Cela avait été un mariage peu commun, mais très réussi en définitive.

Lorsqu'ils parvinrent à la fin du repas, Charles prit Rose par la main et l'embrassa comme au premier jour. Un doux frisson parcourut la femme qui finit par se blottir dans ses bras. Il saisit le menton de Rose pour lui lever la tête et plonger son regard dans le sien. Le moment était venu, il fallait qu'il lui parle. Il avait pris sa décision. Les larmes se mirent à monter. Elle tremblait. Charles l'invita à s'asseoir sur le lit, ils y seraient plus à l'aise. Il ne savait pas par où commencer. Elle redoutait le pire. Elle sentait qu'il avait pris la mauvaise décision. Elle se mit à sangloter dans les bras consolateurs de son mari qui continuait son soliloque.

Il avait bien réfléchi, tourné la question dans tous les sens, il parvenait toujours à la même conclusion. Entre deux sanglots, Rose le supplia de se taire.

– J'en ai assez entendu. Je ne suis pas dupe, tu sais. Je sais bien que ta décision est prise et je ne l'accepterai jamais ! Tu n'as pas le droit de te rendre, tu entends ?

– Ma chérie, je sais ce que tu ressens. Mais tu dois te mettre à place… Tu préfères ce simulacre de vie ? Personnellement, je préfère mourir que de continuer cette existence qui n'en est plus une.

Sans répondre, Rose se leva et gifla Charles avant de prendre son plateau et traverser les couloirs souterrains conduisant au rez-de-chaussée.

Tu veux mourir, hein ? Tu veux me laisser toute seule. Mais, il n'en est pas question, mon chéri. Je refuse de vivre sans toi. S'il le faut, je nous empoisonnerai tous les deux. J'ai toujours dit que c'était l'idéal pour moi : passer de l'autre côté ensemble. C'est le seul moyen pour que l'autre ne souffre pas. Nous mourrons ensemble. Je ne sais pas encore quand, ni comment, mais je trouverai le moyen. Je comprends ton désarroi. Tu es enfermé dans cette cage comme un animal sauvage. Ô que oui, je voudrais mourir si j'étais à ta place. Je me serais probablement suicidée sans t'en parler, d'ailleurs. Ma décision est prise. J'organise notre dernier voyage au plus vite, avant qu'ils ne reviennent te chercher, promit-elle. Et elle passa le reste de la journée allongée sur le canapé du salon à élaborer leur mort.

Tout à coup, Rose se leva, se dirigea vers le téléphone et composa un numéro…

42

Françoise était de garde. Un médecin, quoi qu'il arrive, doit rester disponible, ce qui allait sans doute retarder son départ. Elle détestait la vitesse. Pourtant, il fallait faire vite. Un jeune homme blessé par balle gisait sur le sol à l'est de la ville. Le son assourdissant de l'ambulance lui faisait mal aux tympans. En temps normal, elle prévoyait toujours des bouchons d'oreilles. Mais vu l'urgence dans laquelle elle travaillait depuis des mois, elle n'avait pas eu la présence d'esprit d'en glisser deux dans sa poche. La chaleur humide ne l'aidait pas.

Dans l'ambulance, pas d'air conditionné. L'état général du véhicule était d'ailleurs plutôt inquiétant. Des bosses, un phare qui ne fonctionnait plus depuis des lustres, une portière qui se fermait mal. Hurlant à travers la ville, l'ambulance tentait de se frayer un chemin sur une route très irrégulière. Françoise était loin des belles autoroutes lisses qu'elle avait connues. Le véhicule à la croix rouge vibrait, tanguait, craquait de toutes parts. Elle eut un haut-le-cœur. En son for intérieur, elle hurlait au chauffeur de rouler plus lentement.

La jeune femme leva les yeux. Le ciel était limpide, d'un bleu à la fois éclatant et chaleureux. Autour d'elle, la circulation devenait de plus en plus dense, le passage de l'ambulance difficile. C'est pas vrai ! Le chauffeur jura avant de donner des coups de klaxon. Malgré la puissance du volume de la sirène, certains conducteurs se montraient entêtés.

Dans ces cas-là, le chauffeur prenait toujours des risques en tentant de dépasser par le bas-côté. Mais ce matin, impossible, il n'était pas assez large. Il grommela. Françoise tenta de rester calme malgré la frénésie ambiante.

Inspire par le nez, expire par la bouche. Reste calme ! Tu vas arriver à temps !

L'ambulance bifurqua à droite, emprunta le trottoir en évitant des piétons et reprit sa course vers l'est. Il n'y avait plus de temps à perdre s'ils voulaient sauver ce garçon. Quelques minutes plus tard, l'ambulance fut arrêtée par un énorme bouchon.

– Bon, je descends. Je continue à pied. Nous ne sommes plus très loin. Ce gamin va finir par se vider de son sang. Je vais lui prodiguer les premiers soins. Ne tardez pas !

Le conducteur acquiesça en souriant. Françoise saisit un grand sac à dos rouge barré d'une croix blanche et jura lorsqu'elle tenta d'ouvrir la portière. Les mains moites, les cheveux collant à son front, elle finit par donner un coup de pied libérateur à la tôle. Enfin dehors. Elle regarda à gauche. Puis, à droite. Elle hésita un court instant le temps de bien se repérer et entreprit sa course au milieu d'un concert tonitruant de klaxons.

Au bout de la rue, un essaim humain. À bout de souffle, Françoise se fraya un chemin à coup de « Sorry ! ». Il était là, assis à même le sol, la tête posée contre le mur derrière lui. La jambe du jeune homme saignait en abondance. Françoise s'agenouilla devant lui, posa son sac à dos avant de rassurer l'adolescent. Elle allait s'occuper de lui, il ne devait pas s'inquiéter. Aussi vite qu'elle le put, elle déchira un pan du jean afin de poser un garrot et nettoyer la plaie en attendant l'arrivée de l'ambulance. A priori, il n'avait été blessé qu'à la jambe, mais lorsqu'elle scruta le reste du corps devant elle, elle se figea. Le jeune homme portait le même tatouage que Clara ! Françoise eut une énorme pensée pour son amie.

Soudain : Qu'il crève !

– Oui ! Ne le sauvez pas !

– Il l'a bien mérité !

Seuls quelques curieux l'encerclaient, elle et son patient. Abasourdie par ce qu'elle venait d'entendre, Françoise se tourna vers la foule qui s'était dispersée. Face à elle, trois personnes avaient fait un pas en avant. François détailla un vieux couple dont l'homme devait avoir la soixantaine et une femme dont elle ne parvint pas tout de suite à discerner le visage à cause du contre-jour. Alors que Françoise se retournait pour continuer de soigner le jeune homme blessé :

– Françoise, il ne mérite pas que l'on s'occupe de lui.

Le sang de la jeune femme se figea net dans ses veines. Cela n'était pas possible ! Cette voix. Cette intonation.

Cette douceur. Clara ! À peine eut-elle le temps de se retourner qu'elle aperçut le visage troublé de son collègue ambulancier au-dessus d'elle.

– Françoise, tu te sens bien ? Tu m'as fait une de ces peurs.

Elle avait la tête lourde et la luminosité ambiante semblait lui percer les yeux.

– Que m'est-il arrivé ? Où est le jeune blessé ? Pourquoi suis-je dans ce lit ?

– Nous nous apprêtions à partir et je t'ai vu perdre connaissance. Tu es déshydratée et exténuée ! Tu as besoin de repos, dit-il en désignant de la tête la perfusion accrochée au bras de Françoise.

La jeune femme ne répondit pas. Ses pensées étaient bien trop submergées par l'expérience qu'elle venait de vivre. Tout lui avait semblé si réel !

43

Le sang glacé, Clara eut la pénible impression que le temps s'était suspendu. Elle tenta de garder la tête froide. Elle n'était plus qu'un concentré d'angoisse. Le colosse qui l'avait interceptée la traînait par les pieds pour la ramener dans sa cellule. Malgré tout, elle s'agitait dans tous les sens, mais rien n'y faisait. L'homme était déterminé. Elle était traînée malgré elle à travers les ténèbres de ce labyrinthe dont elle était prisonnière. Clara tenta de hurler, mais il ne jaillit de sa gorge que des jappements effrayés.

Soudain, elle se souvint que, dans l'une de ses poches, se trouvait une seringue pleine d'anesthésiant capable d'assommer un cheval. Elle rassembla ses forces pour atteindre l'objet précieux, introduisit sa main dans la première poche. Vide. Elle jura. Elle mit la main dans la seconde poche. Un soupir de soulagement lui échappa.

Le sol rugueux était en train de déchiqueter son pyjama. Son dos commença à brûler. Il fallait être très rapide si elle voulait s'en sortir entière. Elle extirpa la seringue de sa poche, la porta à sa bouche pour retirer le bouchon, se plia presque en deux pour planter l'aiguille dans le mollet de son agresseur. L'injection fut rapide.

L'effet immédiat.

Quelques mètres plus tard, le colosse s'écrasait contre le sol sale et humide du couloir.

À bout de souffle, Clara demeura inerte. De rage, elle aurait voulu hurler sa colère, mais elle préféra s'abstenir. Elle n'ignorait pas que le temps lui manquait, il fallait qu'elle se dépêche. Il en allait de sa vie. Les deux premiers gardes étaient de retour et ils allaient sans doute lui régler son compte. Lasse, elle se leva, tenta de ne pas perdre connaissance et avança dans le noir en titubant.

La lueur qu'elle avait aperçue auparavant semblait s'être éloignée d'un kilomètre.

En réalité, c'était Clara qui avait été traînée à une dizaine de mètres de l'oasis lumineuse. Elle peinait à mettre un pied devant l'autre. Son dos la faisait souffrir. *Allez, tiens le coup, continue d'avancer, tu y es presque,* se motivait-elle.

Parvenue au bout du couloir, Clara put deviner dans la pénombre les contours d'une porte traversés par des faisceaux lumineux. Ignorant sa fatigue et ses douleurs, elle se mit à courir vers la sortie. Elle trébucha à plusieurs reprises. La porte se dressait là, juste devant elle. Clara frémissait de tout son être. Le moment était enfin arrivé, elle allait être libre à nouveau. D'une main hésitante, elle tenta de tourner la poignée rouillée, en vain. Elle réitéra son geste tout en la tirant vers elle.

Rien.

La porte restait désespérément close. Des larmes. Ses espoirs venaient de s'envoler. Elle ne pouvait pas abandonner, pas maintenant. Il fallait tenter le tout pour le tout. Elle se mit à frapper à la porte avec ses poings en hurlant *À l'aide* d'une voix fatiguée. Personne. Mais où diable l'avaient-ils emmenée à la fin ? Personne ne l'entendait donc de l'autre côté ?

Tout à coup, elle entendit un déclic. Quelqu'un venait de défaire le verrou de l'autre côté de la porte. Cette fois, la poignée tourna sans problème. Clara ouvrit la porte doucement. La clarté vive l'empêchait de voir devant elle. Ses yeux étaient douloureux : cette lueur intense semblait les lacérer. Elle s'avança à pas feutrés. Une odeur agréable de propreté envahit ses narines. Elle n'était pas à l'extérieur, et ne pouvait pas encore distinguer de quoi il s'agissait. Mais elle était apparemment dans un lieu fermé. Cette odeur était caractéristique. *Ça sent l'hôpital*, se dit-elle, exténuée.

En un instant, ce qu'elle venait de vivre avait disparu. C'était comme si cette émanation l'avait transportée dans un lieu rassurant. Ses yeux s'accoutumèrent doucement à la lumière. Elle vit deux silhouettes en blouse blanche. Tout semblait tourner au ralenti. Clara regarda autour d'elle, on aurait dit qu'elle se trouvait dans les couloirs d'un hôpital vide. Elle ne savait que penser. Ces personnes étaient-elles là pour lui venir en aide ou bien étaient-elles aussi malfaisantes que les gardes ? Elle ne parvenait pas à comprendre que l'endroit qu'elle venait de fuir soit rattaché à ce qui ressemblait à s'y méprendre à un hôpital. Elle fit une halte. Les deux autres continuaient d'avancer vers elle. Ils semblaient souriants. Ils tenaient un cahier ou quelque chose qui s'y apparentait et n'avaient pas l'air menaçant. Mais Clara préféra ne pas bouger.

44

La nuit tirait peu à peu sa révérence. Alors que le jour imposait sa clarté, la brume matinale s'agrippait à la ville. Les commerçants ne tarderaient pas à lever leurs rideaux. Une nouvelle journée commençait. Chacun allait reprendre la routine qu'il avait quittée le temps d'une nuit de repos bien méritée. Les premières voitures circulaient. Certaines personnes entamaient leur journée de travail décidément très tôt.

Derrière la fenêtre, Françoise jetait un coup d'œil à la vie qui continuait tandis que la sienne s'était arrêtée. Elle n'avait même plus la force d'envier ces gens, bien qu'elle eût voulu reprendre son rituel quotidien. Avant le décès de son mari, elle aurait été sous la douche à cette heure pendant que lui préparait de quoi manger. Elle sortirait de la cabine, s'enroulerait dans une serviette avant d'aller caresser la joue de leur fille et dire « Il est l'heure, ma puce ». Ils auraient pris le petit-déjeuner ensemble. Chacun aurait parlé des projets de sa journée et aurait ri en entendant l'enfant dire :

« Ben, moi, je crois que je vais à l'école et j'écouterai attentivement la maîtresse. Ensuite, je jouerai dans la cour de récréation et puis, ben, je me disputerai un peu avec Jennifer (sa meilleure amie) pour me réconcilier aussitôt. »

Chaque matin, la fillette présentait le même emploi du temps, avec conviction. Puis, vers 8 heures, mère et fille quittaient la maison tandis que papa travaillait encore un peu sur son ordinateur avant d'aller au bureau.

Elle eut une pensée pour Clara. Elle espérait que rien d'irrémédiable ne lui était arrivé. Elle devrait peut-être se lancer à fond dans la recherche de son amie, cela lui permettrait de se concentrer sur autre chose que son chagrin. C'était une solution pour éviter d'affronter ses malheurs. Le plus tôt serait le mieux. Il fallait qu'elle s'organise très vite afin de rejoindre l'endroit où elle avait vu Clara pour la dernière fois. Avant tout, il lui fallait affronter le mécontentement de ses parents, le regard triste de sa fille. Elle n'avait pas le courage de faire face. Peut-être devrait-elle s'en aller sans prévenir. Non, elle en serait incapable. Il fallait qu'elle explique à Julie que Clara était en danger. *Ta fille a besoin de toi*, hurlait sa conscience. Elle prendrait sa décision après avoir bu un café noir devant le portrait de son époux regretté.

Fin prête, Françoise se dirigea vers sa chambre, prit la valise vide qui se trouvait sous son lit et la remplit de vêtements machinalement : deux jeans, un pull-over, quelques tee-shirts et des sous-vêtements. Elle n'avait pas besoin de plus. Là où elle se rendait, elle passait le plus clair de son temps en blouse blanche. Elle scella son bagage, l'empoigna et descendit l'escalier en colimaçon. Elle manqua de dévaler les marches sur le dos à plusieurs reprises, mais atteignit le vestibule quelques secondes plus tard sans encombre. Elle posa la valise à côté de l'entrée, vérifia que tout était éteint dans la cuisine, prit une feuille de papier sur laquelle elle écrivit quelques mots, le cœur lourd :

Ma chérie,

Maman a dû quitter le pays d'urgence. Tu te souviens de Clara, je t'avais expliqué qu'elle avait disparu là-bas. Je suis son amie, je dois lui venir en aide, je suis sûre que tu comprends. Tu ferais la même chose si Jennifer était en danger, n'est-ce pas, ma puce ? Je serai absente quelques jours, ne t'inquiète pas, tu te rendras à peine compte de mon absence, promis, ta grand-mère s'occupe tellement bien de toi. Explique-lui que je n'ai pas pu faire autrement. Je sais qu'elle sera fâchée, mais elle finira par accepter ma décision. Maman, s'il te plaît, prends soin de la petite. Ne m'en veux pas, je vais devenir folle si je reste encore ici à ne rien faire. Je dois me rendre utile. J'ai perdu mon mari, je ne veux pas perdre ma meilleure amie aussi. Je n'ai pas eu la force de passer vous embrasser… J'espère que tu comprendras et que tu me pardonneras. Je vous appelle dès mon arrivée sur place.

Je vous aime, Françoise

Elle posa le message sur la table de la cuisine tout en séchant ses larmes du bout de ses doigts. Puis elle saisit ton portable et appela un taxi pour se rendre l'aéroport. En attendant son arrivée, elle sortit un paquet de cigarettes de son sac à main et en alluma une. Elle rejoindrait certainement les milliers de fumeurs qui se retrouvent au service

« oncologie », mais à ce stade, elle n'en avait cure. Son regard se posa sur le paquet qu'elle venait de déposer sur la table en teck. « Fumer peut rendre stérile. » Elle roula les yeux et retourna le paquet. « Fumer provoque des maladies cardiovasculaires. » *Et merde !* lâcha-t-elle en regardant le plafond. C'était sa première cigarette de la matinée, celle qu'elle préférait. Elle adorait sentir la fumée traverser sa gorge et s'installer dans ses poumons.

Le klaxon du taxi se fit entendre, l'arrachant à sa réflexion. L'homme l'aida à déposer ses affaires dans le coffre avant de lui ouvrir la portière. Dans le véhicule, Françoise indiqua l'aéroport. Le conducteur mit le contact. Le moteur vrombit. Françoise s'en allait affronter d'autres difficultés. Elle sourit, ce qui n'était pas arrivé depuis des semaines. Elle posa la tête contre la vitre et regarda la ville défiler à toute allure, silencieuse. Elle était impatiente de prendre l'avion et de retrouver son amie. *J'arrive, Clara. Je vais te retrouver et te ramener chez nous. Excuse-moi d'avoir dû t'abandonner.*

Une fois à l'aéroport, Françoise fut frappée par la foule qui y fourmillait. En cette période, les aéroports étaient généralement calmes. Mais aujourd'hui, tout le monde semblait s'être passé le mot. Elle poussa un soupir las à l'idée de devoir affronter la cohue. Elle se fraya un chemin à travers l'essaim humain avec l'intention d'aller prendre un billet à destination de la liberté de Clara.

Un pas en avant. Un temps d'attente. « Pardon ». Deux pas en avant. Attente. « Excusez-moi. » Françoise peinait à respirer. Décidément cet aéroport était gorgé de gens ! Un pas en avant. « J'aimerais… »

Elle n'eut pas le temps de terminer sa phrase qu'une détonation assourdissante fit trembler tout le hall de l'aéroport. Les passagers se mirent à courir dans tous les sens, complètement affolés. On aurait dit des poules à qui on avait tranché la tête avant de les lâcher dans la basse-cour. La fumée résultant de l'explosion pénétrait les poumons de Françoise et la toux était en train de la faire suffoquer.

De bousculade en bousculade, elle perdit l'équilibre et se retrouva plaquée au sol. Elle ne pouvait plus bouger. La foule continuait sa course effrénée vers la sortie. Françoise demeura par terre écrasée par des fourmis humaines. Elle ne sentait plus ses membres. Son corps entier était ankylosé par la douleur. Elle n'était pas la seule dans cette situation, elle tourna la tête et aperçut d'autres personnes allongées par terre, subissant l'atroce douleur de ce massage funeste.

Ses forces allaient l'abandonner. Elle ne tiendrait plus très longtemps. Elle eut une pensée pour Julie. Elle ne la verrait jamais grandir. Qu'allait-elle devenir sans maman ? Qui s'occuperait d'elle ? Elle finit par fermer les yeux. Mourir était peut-être ce qu'elle désirait au plus profond d'elle. Elle ne lutta pas contre son sort. Son être continua à être écrasé par la peur furieuse dont l'être humain peut faire preuve dans certaines situations.

45

La brise matinale du printemps lui caressait le visage. Cela faisait des mois qu'il n'avait pas ressenti tant de douceur. Il ferma les yeux pour mieux savourer cet instant. Ce parc était magnifique. La pelouse d'un vert chatoyant était entretenue avec soin.

Les arbres du parc abritaient des familles de moineaux et d'hirondelles. Leur chant était à la fois mélodieux et rassurant. Il recouvrait surtout les voix qui tournaient en boucle dans sa tête. Il sourit. S'il n'avait pas les poings liés par une sangle, M. Concerto aurait oublié qu'il ne se trouvait pas dans un espace vert public, mais bien dans le parc de l'hôpital.

Il rouvrit les yeux, balaya l'endroit du regard. Il se sentait bien. L'infirmière assise à côté de lui lisait tranquillement un roman. Elle ne craignait rien, son patient avait reçu un calmant et de surcroît il était attaché. Ils n'avaient échangé que quelques mots. Elle semblait bien trop occupée à lire des niaiseries pour jouir de la beauté de ce moment. M. Concerto ne comprenait pas cette indifférence. Ne se rendait-elle donc pas compte de la chance qu'elle avait ? Elle était libre. Pourtant, elle semblait blasée. Il trouva ce fait inadmissible, mais s'en moquait. Tant pis pour elle. Lui devait profiter un maximum du court instant au sein de cette nature apaisante. Le Dr Quint avait été très généreux de lui accorder cette sortie. Ce serait peut-être l'unique, mais M. Concerto lui en était reconnaissant.

Après la dernière séance, il avait été très agité. Il avait passé la nuit à se lever pour chasser les démons qui gravitaient dans les brumes de son esprit une fois les yeux fermés. Comme chaque nuit, une pléthore d'histoires s'enchevêtraient. Un homme dans le noir. Une femme qui fuit. Une petite fille qui pleure. Un homme qui meurt. Il était conscient que ces rêves étaient dénués de sens.

Pourtant, il ne parvenait pas à rester indifférent à ce que semblaient vivre ces personnages. Le docteur avait peut-être raison, il était atteint d'un problème psychologique. D'un autre côté, ces fantasmes ne semblaient pas intervenir dans le monde de l'éveil. Il n'y avait donc pas de raison de s'inquiéter outre mesure. La priorité était de se débarrasser de ces voix. De leur disparition dépendait sa liberté. Il appréhendait les choses différemment depuis son entretien avec le Dr Quint. Désormais, il ne chassait plus ces voix, mais tentait plutôt de les comprendre, les déchiffrer, pour mieux s'en débarrasser. Elles étaient peut-être le fruit de son imagination ou bien, comme dans certains films, seraient-ce des fantômes qui tentaient de faire passer un message ? Il préférait nettement la seconde possibilité bien qu'il soit un cartésien convaincu.

Des nuages se formèrent, opacifiant peu à peu le ciel limpide qui s'offrait à lui. À la première goutte de pluie, l'infirmière ferma son livre avant d'annoncer à son patient qu'il était temps de retourner dans sa chambre. À regret, M. Concerto se leva pour se rendre dans sa cellule.

Plus tard, on lui apporterait son déjeuner avant que le Dr Quint ne lui rende visite. Il n'avait guère envie de le revoir. Il n'avait rien de plus à lui dire, il en était au même point. Aucune évolution. Il entendait toujours des voix inintelligibles et continuait à cauchemarder. Ce vieux psy voulait certainement le convaincre qu'Arielle disait la vérité et qu'il était fou. Cette perspective ne l'enchantait guère.

Il s'installa dans un coin de la chambre. Il pensait aux moments passés avec sa femme. Il avait été si heureux avec elle. Comment en était-il arrivé là ? Il ne pouvait décemment pas croire que les assertions de sa femme soient vraies. Cela ferait de lui un homme affreux qui méritait sa place dans cet endroit, à l'écart de tous. Il devait sortir de cette impasse, mais comment faire ? Il avait décidé secrètement qu'à la prochaine séance il tenterait de convaincre le Dr Quint que les voix avaient disparu. Il n'avait toujours pas aperçu la lentille qui le filmait jour et nuit, permettant au docteur d'analyser ses moindres faits et gestes…

Quelques heures plus tard, M. Concerto se trouvait face à son psychiatre qui désirait lui reparler de la lettre. Visiblement, son patient n'avait pas changé d'avis. Il était la pauvre victime d'un complot orchestré par sa femme et il finirait par le prouver tôt ou tard. Malgré l'insistance du Dr Quint, M. Concerto s'obstina à ne rien vouloir entendre concernant la prétendue innocence de sa femme. Se rendant compte qu'il se heurtait à un mur, le thérapeute décida de prendre le problème dans l'autre sens. Il voulut savoir si les voix commençaient à s'atténuer. D'après le patient, elles se faisaient entendre moins régulièrement qu'auparavant, signe que le traitement fonctionnait. Le Dr Quint lui expliqua qu'il faudrait encore du temps avant qu'elles ne disparaissent, mais il était sur la bonne voie.

– À quelle fréquence les entendez-vous, M. Concerto ?

– Surtout le soir et la nuit. Elles se glissent dans mes rêves et lorsque je me réveille elles continuent leur logorrhée.

– Et que vous disent-elles ? Êtes-vous parvenu à distinguer le sens de leurs phrases ?

– Chaque jour, je m'efforce de me concentrer sur ce qu'elles disent. Plutôt que de les rejeter, je tente de les comprendre.

– C'est une très bonne chose. C'est un pas de plus vers la guérison,

M. Concerto. Pourriez-vous m'exposer les bribes que vous avez pu déceler ?

– Je dois parler à Rose… Je dois lui faire part de ma décision.

– Comment ?

– Vous le savez très bien. Quoi qu'il arrive, ils finiront par me retrouver et m'assassiner.

– C'est vous, Charles ?

– Qui d'autre ? Je suis enfermé dans cette cave depuis trop longtemps, je dois me rendre.

– M. Concerto, calmez-vous et concentrez-vous. Ne cédez pas la place à Charles. Revenez. M. Concerto ?

– Mais à qui parlez-vous à la fin ? Je suis Charles et je dois mourir, car je suis vieux.

– Non, vous êtes M. Concerto. Charles n'existe pas, il est le fruit de votre imagination. Respirez profondément. Inspirez. Expirez.

– Docteur Quint ?

– Oui ? Qui me parle ?

– Quelle question idiote, docteur. Vous voyez quelqu'un d'autre dans cette pièce ?

– M. Concerto ?

– Mais oui, enfin !

Mesdames, Messieurs, bonsoir. Le programme de notre soirée :

À 20 heures, le « 20 heures ».

À 20 h 40 « Parents, mode d'emploi ».

À 20 h 55 « Prison ou liberté ? ». Ce soir, vous verrez que Clara est à bout de forces, mais tient bon. Mon petit doigt me dit qu'elle va réussir à s'échapper d'ici peu. Je tiens à rappeler aux téléspectateurs qui nous ont contactés que chaque candidat participe à notre émission de son plein gré. Tout est sous contrôle. La production s'assure que nos candidats ne souffrent d'aucune séquelle.

Et pour terminer la soirée en frissonnant, deux épisodes de « Bates Motel ».

Excellente soirée à tous. À demain, avec plaisir !

46

Clara se retrouva dans un bureau, un dossier à la main. Les deux personnes qui l'avaient accueillie quelques heures plus tôt énonçaient un nombre incalculable de mots. Elle n'écoutait plus ce qu'ils disaient. Elle avait hâte de quitter ce bureau dont les murs d'un blanc chirurgical la mettaient mal à l'aise. Ce que ces personnes racontaient était dénué de sens. Tout se bousculait dans sa tête.

Cet endroit donnait directement sur la prison où on l'avait murée pendant des semaines. Ces gens étaient conscients de sa présence et de ce qui s'y déroulait. Ils n'auraient donc pas réagi ? Clara était atterrée. Ce n'était pas possible. Un être humain était incapable d'abandonner sciemment une personne en danger. *Si ?* Ces personnes le paieraient dès qu'elle quitterait cet endroit. Elle avait failli perdre la vie dans cette prison où les puces la dévoraient toute crue. Et ces deux individus, tout sourire, étaient en train de la complimenter d'avoir réussi. Réussi quoi ? À survivre ?

Elle était morte de fatigue. Elle ne voulait pas en entendre davantage. Elle enjoignit aux deux blouses blanches de cesser de délivrer leur charabia et de la laisser partir. Ils rétorquèrent aussitôt que cette éventualité était inconcevable pour le moment. Ils devaient d'abord mesurer ses constantes, s'assurer que tout allait bien et, surtout, lui expliquer les règles de ce fameux programme dont elle venait de sortir.

On l'invita à se lever pour se diriger vers une chambre avec un vrai lit. Elle allait enfin passer une nuit dans un vrai lit ! On lui indiqua la salle de bains où du linge propre (le sien !) l'attendait. Les deux autres la quittèrent, assurant qu'ils reviendraient plus tard.

Clara ouvrit la cabine de douche, tourna le robinet, se défit de ses vêtements et s'introduisit sous le jet d'eau chaude. Pendant les quelques minutes sous l'eau, elle oublia qu'elle n'était pas chez elle. Elle ferma les yeux. Le ruissellement transparent la nettoyait de ses afflictions mentales et physiques. Elle finit par se recroqueviller dans un coin de la douche. Les larmes se mêlèrent à l'eau. Elle pensait avoir retrouvé la liberté, mais n'avait reçu qu'*une* liberté.

Elle demeura dans cette position puis elle se releva, coupa l'eau, sortit de la douche et saisit la serviette qui était pendue au mur. Malgré cette situation étrange et incompréhensible, elle se sentait bien. *Remarque que tu passes d'une prison dégoûtante à une autre, mais propre,* ironisa-t-elle. Elle finit de se sécher, enfila son peignoir avant de regagner sa chambre. Ce qui l'intriguait le plus était que toutes les affaires qu'elle avait emportées pour sa mission se retrouvaient là. Comment était-ce possible ? Elle décida de tenter de trouver une réponse à cette question le lendemain, espérant qu'on la laisserait se reposer maintenant. En admettant qu'elle y parvienne…

Elle se jeta sur le lit, fixa le plafond, tentant de retracer mentalement son parcours de son arrivée à l'hôpital de la ville à son arrivée dans sa cellule immonde. Clara n'en revenait pas. Elle se retrouvait dans une situation surréaliste. Son travail et sa vocation l'avaient amenée dans ce pays pour venir en aide aux médecins locaux et voilà le résultat.

Elle eut une pensée pour Françoise qui était peut-être dans le même cas. Allait-elle bien ? Était-elle rentrée au pays ? Était-elle à sa recherche ? Clara gardait l'espoir qu'elle aurait toutes les réponses dès le lendemain matin. Elle n'avait aucune idée de l'heure qu'il était. Il n'y avait ni horloge ni réveil dans sa chambre. Par la minuscule fenêtre qui perçait le mur, elle put apercevoir le coucher du soleil. *Ce ne doit être que la fin de l'après-midi. Peu m'importe, je suis épuisée, j'ai besoin de dormir,* dit-elle à haute voix. Elle se glissa sous la couverture, se mit en position fœtale avant de clore les yeux pour s'immerger dans les ténèbres.

Un homme en pyjama vint s'installer à ses pieds. Il semblait accablé et malheureux. Un autre homme, en blouse blanche, vint à son tour s'asseoir près de Clara. Ils entamèrent une conversation. L'homme en pyjama ne semblait pas avoir envie de discuter, mais celui qui devait être un docteur insistait. Il lui tendit une enveloppe. L'homme au pyjama la déchira avec rage. Il se leva et tenta de quitter la pièce, mais sans succès.

Clara entrouvrit les yeux. Elle n'entendait que le battement rapide de son cœur. Les deux hommes remuaient les lèvres, mais leurs voix étaient inaudibles. Clara tenta de bouger. Elle était sclérosée. Impossible de se mouvoir. *Calme-toi.* Peu à peu, elle parvint à distinguer ce que le docteur et son patient disaient. *Mon Dieu, cet homme est fou à lier, il a fait tant de mal autour de lui.*

Mais que faisaient-ils dans sa chambre ? Était-elle toujours la proie de ce programme terrible qui avait commencé lors de son enlèvement ? *Le jeu continuait-il ? M. Concerto, restez calme. Je ne veux plus vous entendre, taisez-vous. Que disent les voix que vous entendez ? Je suis la victime d'un complot organisé par ma femme.* Clara n'entendait rien à ce dialogue. On aurait dit une séance de thérapie. Qui étaient ces hommes ? Elle désirait qu'ils disparaissent. La conversation suivait son cours. *Qui êtes-vous ? Je dois parler à Rose, j'ai pris ma décision. Charles ? Qui d'autre ? Partez, vous devez disparaître. Docteur ? Qui est là ? Mais enfin, c'est moi,*

M. Concerto. Clara prit son courage à deux mains et remua les jambes pour chasser les intrus. Elle les somma de partir sur-le-champ. Ils se tournèrent vers elle lui annonçant qu'ils ne pourraient disparaître que pour un temps.

À bout de souffle et en sueur, Clara ouvrit les yeux, alluma la petite lampe de chevet. Elle se leva, fit le tour de la chambre. Personne… Elle soupira. *Idiote, tu as fait un rêve.* Elle retourna se coucher. Le lendemain allait sans doute être une journée éprouvante. Elle allait enfin connaître le fin mot de sa propre histoire.

47

Le soleil accablait toute la ville de ses rayons torrides. Le ciel était d'un bleu éclatant. La circulation était dense et les klaxons orchestraient un brouhaha omniprésent et oppressant. Autour de lui, des dizaines d'yeux le fixaient. La douleur à sa jambe était tellement intense qu'il avait du mal à garder les yeux fermés.

Soudain, du sang dans sa bouche. Il venait de se mordre la lèvre. Ses forces étaient en train de le lâcher. Il savait que si les secours n'arrivaient pas tout de suite, il serait perdu. À plusieurs reprises, il manqua de perdre connaissance. Il ne savait pas qui lui avait tiré dessus, ni pour quelle raison. On lui voulait du mal, il en était convaincu. D'une main, il serra fort au niveau de sa cuisse, comme pour empêcher la douleur de se propager à tout son corps. Il regarda autour de lui. Tout devenait flou. Il ne distingua que des silhouettes, certaines plus âgées, d'autres plus jeunes, des femmes et des hommes.

Il fronça les sourcils et plissa les yeux. Certains visages lui semblèrent familiers. Cette jeune femme.

Ce vieux couple. Aidez-moi au lieu de rester plantés là, hurla-t-il dans sa tête. Malgré la chaleur ambiante, un frisson glacial lui caressa la nuque. Il finit par baisser la tête et fermer les yeux. Il se mit à trembler de tout son être. Les secondes semblèrent s'étirer à l'infini. Le temps finit par se suspendre. Il se mourait, cette fois c'en était fini. Autour de lui, la vie continuait normalement entre klaxons et noms d'oiseau que s'échangeaient les automobilistes pressés.

Ce ne fut que plusieurs minutes plus que tard qu'il sentit qu'on lui serrait la jambe. Il n'était pas mort. Il allait être sauvé. Il entendit la voix douce d'une femme le rassurer.

– Qu'il crève !

– Oui ! Ne le sauvez pas !

– Il l'a bien mérité.

Il tressaillit lorsqu'il entendit des voix lui souhaiter la mort. Les battements de son cœur devinrent de plus en plus lents. Il peinait à respirer. Il avait l'impression d'étouffer. Son teint blafard vira au bleu.

– M. Concerto ! M. Concerto ! Respirez, pria le Dr Quint.

La voix rauque qu'il connaissait si bien maintenant le fit sortir de sa léthargie.

Trempé de sueur, il revint à lui. Il fut ébloui par la blancheur aveuglante des murs capitonnés de sa chambre d'isolement.

– Respirez lentement. Calmez-vous. Vous venez d'avoir une absence. Nous allons devoir modifier vos médicaments.

Le patient, bien trop occupé à s'oxygéner, ne répondit pas.

– Je vous laisse vous reposer. Mais j'aimerais que nous discutions de cette absence. Elle a été très intense. Vous suffoquiez littéralement !

Il confia son patient à l'infirmière et se retira dans son bureau.

48

Charles ouvrit les yeux. Il avait bien dormi. Pour la première fois depuis longtemps, son sommeil avait été reposant. Il regarda Rose qui, blottie dans ses bras, dormait encore à poings fermés. Il sourit. Elle était tellement belle. Il n'ignorait pas que Rose allait énormément souffrir de la solitude dans laquelle il s'apprêtait à l'abandonner. Il déposa un baiser sur la tête de son épouse.

Elle remua, mais ne se réveilla pas. Il l'aimait plus que tout et regrettait de la trahir de cette façon. Il soupira. L'air lui embrasait la gorge tant il était sec.

Charles détestait ce nouveau Président débile. À cause de lui, Rose allait se retrouver seule et il devrait mettre un terme à sa vie. Il était encore jeune, non ? Seul Dieu pouvait prendre sa vie, pas cet idiot de Président ! Et puis, quelle était cette loi incongrue ?

Rose entrouvrit les yeux, sourit à son époux et l'embrassa. Elle s'étira de tout son long. Elle avait passé une excellente nuit. Charles répondit que lui aussi. Elle aurait voulu traîner un peu, mais son dos commençait à lui rappeler l'exiguïté et la dureté du lit. Elle se leva et annonça à son mari qu'elle s'en allait préparer le petit-déjeuner. Entre-temps, il n'avait qu'à se lever, se rafraîchir un peu et se préparer.

Aujourd'hui, il avait rendez-vous chez le chirurgien plasticien. Ils devaient s'entretenir au sujet de son opération. Elle claqua la porte sans que Charles puisse exprimer sa réprobation. Elle avait donc finalement fixé un rendez-vous avec le médecin sans le consulter ! Il ne supportait pas qu'on le mette au pied du mur de la sorte. *Elle est persévérante, elle ne lâchera pas le morceau,* pensa-t-il. Il fit les cent pas en attendant sa femme. Et s'il se laissait faire ? Rose faisait tout ce qui était en son pouvoir pour que leur vie commune ne cesse pas. *Bon, je vais accepter de rencontrer ce chirurgien. Qu'est-ce que j'ai à perdre ?* marmonna-t-il.

Rose revint quelques minutes plus tard. Elle avait pris son temps pour permettre à Charles de se calmer. Tout sourire, elle posa le plateau qui supportait deux tasses de café fumant, deux verres de jus de fruits, des tartines et de la confiture de framboise, celle que son mari préférait. Sans mot dire, il s'attabla.

Entre deux gorgées de café, Rose avait tenté de mettre cartes sur table, mais son époux feignait de ne pas l'entendre. Ils continuèrent à avaler leur petit-déjeuner en jouant au chat et à la souris. Il s'amusait de cette situation. Il savait que Rose se mourait d'aborder le sujet, mais il tenait à sa petite vengeance personnelle, avant d'annoncer à sa femme qu'il était d'accord de rencontrer le chirurgien. Rose sentit la frustration l'envahir, telle la lave d'un volcan en éruption imminente, mais contint son bouillonnement.

Charles prit la télécommande et alluma la télévision. Comme si de rien n'était, il s'installa confortablement sur le lit. Rose ne put en supporter davantage. Elle se leva, empoigna la télécommande et éteignit le poste avant de se planter devant son mari en tapant du pied.

– Tu vas continuer ce petit jeu longtemps ? C'est l'opération ou le suicide collectif. Tu sais, j'y ai pensé… Parce que si tu refuses de rencontrer ce médecin, je mourrai avec toi. Je ne parviendrai pas à vivre sans toi. Je sais que tu m'en veux, mais parlons-lui au moins !

– Pff, Rose, laisse-moi un peu tranquille. Je vais le voir, ton charcutier. Je suis d'accord de le rencontrer.

– C'est vrai ? répondit-elle, folle de joie.

– Mais je n'ai pas dit que j'accepterais de me faire taillader le visage.

– Recevons-le, nous verrons la suite, rétorqua-t-elle, fière.

– Bon, il arrive à quelle heure ?

– Il ne devrait pas tarder.

Charles haussa les épaules en signe de capitulation.

Il ne voulait voir personne, ce chirurgien était une mauvaise idée. Rose, de son côté, affichait une mine satisfaite. Elle était persuadée d'avoir convaincu son mari. Elle ignorait que ce dernier n'avait aucune intention de se faire opérer.

Une petite heure plus tard, Rose le quittait pour accueillir le chirurgien. La frustration de Charles pesait sur son estomac. Ses intestins s'emmêlèrent, des nœuds se formèrent. Il prit une profonde inspiration avant de cracher l'air qu'il venait d'avaler. Il alla s'asperger le visage d'eau froide, ce qui fit retomber sa colère. En attendant, Rose et son « superman », Charles but plusieurs lampées de la boisson alcoolisée qui se trouvait dans sa flasque. Il se détendit légèrement.

Trois coups se firent entendre de l'autre côté de la porte. Rose était de retour. Charles s'installa à table, tel un chef d'entreprise dans une salle de conférences. Flanquée du chirurgien, sa femme pénétra dans la cave, l'air malicieux. Elle présenta son époux au médecin avant d'inviter ce dernier à s'asseoir.

– Alors, docteur, nous vous écoutons, dit-elle pleine d'entrain.

– Eh bien, ce n'est pas bien compliqué, je suis là pour transformer ce papy défraîchi en homme jeune à la chair lisse, répondit-il sur un ton qui ne plut guère au vieil homme. Rose feignit de s'amuser de la plaisanterie mal placée.

– Docteur, intervint Charles, je ne veux pas devenir un homme jeune à la chair appétissante ! Je n'ai jamais demandé à vous voir, c'est ma chère femme qui…

– … veut te garder auprès d'elle, le coupa Rose.

– Madame, si votre époux ne désire pas rajeunir pour échapper aux autorités, libre à lui. Ni vous ni moi n'avons le droit de l'y contraindre. S'il préfère trépasser plutôt que de vivre librement, nous ne pouvons rien y faire, dit le chirurgien faussement compréhensif.

– C'est ça, vous avez tout compris, cher monsieur, je ne veux pas être charcuté par un charlatan de votre espèce, rétorqua Charles.

– Charles ! Tu n'as pas le droit de parler de cette façon ! Ce monsieur est là pour t'aider, enfin ! Mais qu'as-tu donc dans la tête ?

– Rose, je ne veux qu'une chose : accepter mon destin. Je ne veux pas vivre avec un visage qui n'est plus le mien. Il a ses défauts et ses signes du temps et il me plaît. Je préfère mourir que d'y toucher.

– Tu as perdu la raison, mon chéri. Docteur, dites quelque chose, je vous en prie ! supplia-t-elle.

– Si monsieur préfère accepter sa triste destinée, je pense qu'il n'y a plus rien à dire, chère madame. Il a pris sa décision, acceptez-la. Le chirurgien se leva, salua le couple et quitta la cave.

Rose, qui de rage venait de gifler Charles, se lança à la poursuite du docteur, l'implorant de revenir convaincre son mari. Il lui expliqua que nul ne pouvait l'obliger à accomplir un acte que son patient rejetait. Il était sincèrement désolé, mais elle devait se faire une raison et accepter la décision de son époux. Entre cris et sanglots, elle n'entendit pas la sonnette de la porte d'entrée.

Au bout de la troisième tentative, les représentants de l'ordre défoncèrent la porte et se retrouvèrent face à Rose et au chirurgien.

Cette fois, les hommes s'introduisirent dans la maison sans se présenter. Rose reconnut ceux qui lui avaient rendu visite plusieurs jours auparavant. Il devait y avoir une trentaine d'agents dispersés dans toute la maison : à l'étage, au rez-de-chaussée et… à la cave. Rose était pétrifiée. Impossible de bouger ou de prononcer un mot. Le moment qu'elle redoutait tant était arrivé, elle le savait. Elle ne pourrait rien faire contre la loi, comme le lui avait fait remarquer le chirurgien quelques minutes plus tôt. Elle ne le voyait plus, d'ailleurs. Il avait dû s'esquiver en douce. Le malheur profite toujours à quelqu'un… Nombreux étaient ceux qui se faisaient opérer clandestinement. Rose tomba sur les genoux. Elle n'en pouvait plus, elle aurait voulu mourir à l'instant. Sa vie prendrait de toute façon fin en même temps que celle de son mari.

Quelques minutes plus tard, elle aperçut Charles tenu par deux colosses. Il n'opposait aucune résistance. Tête ployée. On aurait dit un pantin. À mesure qu'on le conduisait vers la porte d'entrée, il regardait Rose, l'air désolé. Ses lèvres formèrent un *Je t'aime*, celles de sa femme un *Je te hais*, avant de le voir se faire pousser dans une fourgonnette blanche. Charles ne ressentit aucun remords. C'était sa décision, il allait passer de l'autre côté pour continuer à veiller sur sa petite Rose. Il n'avait pas été malmené par les forces de l'ordre, mais connaissait la suite de son histoire : la Grande Faucheuse viendrait clore son histoire.

Le conducteur roulait plutôt lentement. Charles s'en étonna. Il avait l'impression de tourner en rond, comme s'il n'avait pas quitté son quartier. Cette sensation le dérouta. Il pensa à Rose, à ce qu'elle lui avait dit.

Il fut saisi par un serrement au cœur, mais savait qu'elle finirait par lui pardonner.

Au bout d'environ une heure de route, la fourgonnette s'arrêta. On l'en sortit.

Charles ne reconnut pas l'endroit où il était. Cela ressemblait à un hôpital. On l'escorta jusqu'à l'intérieur où un médecin l'attendait une seringue à la main. *Nous y sommes*, pensa Charles. *Je vais disparaître comme une bête.* On l'invita à s'allonger. Il obtempéra. L'aiguille perça la peau avant de pénétrer dans une veine de son bras droit. Le liquide se répandit rapidement dans son corps. Ce n'était pas douloureux.

Il se sentait plutôt bien même. Il avait l'impression de planer au-dessus de sa propre mise à mort. Il était enfin libre. Il ne faisait presque plus partie de ce monde de fous. Un sourire se dessina sur son visage. La vie s'échappa lentement de son regard pour rendre son corps inerte. Une larme roula sur sa joue.

49

6 heures du matin. Rose était déjà dans la cuisine. Journal fraîchement livré dans une main, elle alluma le percolateur de l'autre. Elle avait l'habitude de lire les gros titres du quotidien. Les rayons du soleil illuminaient la pièce dépourvue de rideaux. Elle avait toujours affirmé qu'une cuisine devait être spacieuse, mais surtout lumineuse. Alors que la dernière goutte de café formait des cercles discontinus dans la verseuse en verre, Rose posa le journal sur son plan de travail en granite blanc. Elle éteignit ensuite la machine et se servit une tasse du breuvage ébène. Charles ne se réveillerait pas avant une heure. Cela laissa le temps à la vieille dame de se détendre, ou du moins le tenter…

Tout en sirotant son café, elle feuilletait les pages grises du journal. Les titres n'étaient, une fois encore, pas très réjouissants.

« Une petite fille retrouvée morte dans le garage de son grand-père »

« Drame social : manifestations des travailleurs de Caterpillar »

« Le monde scientifique inquiet, une épidémie de grippe sans précédent »
« Nouvel attentat dans la capitale »
« Trump, Président ! »

Rose frissonna. Décidément, Charles avait raison. Jamais une nouvelle positive, rien pour remonter le moral à la population. Le sensationnalisme. Rien que cela. Toujours effrayer les gens. Elle poussa un profond soupir.

Soudain, s'imposa à elle un souvenir. Un malheureux souvenir… Le jour où elle avait lu en une du journal *« Coup de massue ! Le gouvernement entérine la loi sur la "géronthanasie" »*.

L'effet coup de massue avait opéré, Rose faillit s'évanouir à la lecture de ce titre qui allait chambouler toute son existence et celle de Charles. Les choses avaient dû aller très vite à partir de là. Les « soixante-cinquards » avaient six mois pour se rendre spontanément à l'hôpital le plus proche et remplir toutes les formalités administratives.

Six mois…

Six mois pour se rendre avant qu'on vienne chercher les « indésirables » de force.

Six mois pour finir d'aménager la cave. Six mois pour faire disparaître Charles…

Bien entendu, dès l'annonce fracassante, des dizaines de milliers de familles s'étaient réunies pour exprimer, parfois violemment, leur mécontentement. Leur écœurement. Leur sentiment d'injustice face au véritable génocide qui s'annonçait. Les manifestations continuaient d'ailleurs toujours de faire rage. « Non au *jeunisme* », pouvait-on lire sur les pancartes ou encore « Assassin ! ». Le Président fut d'ailleurs menacé de mort à maintes reprises. Sa maison vandalisée. Son conseiller enlevé. Des démissions déposées par un grand nombre de députés.

Ce matin encore, Rose frissonnait en repensant à toute cette triste histoire. Comment un gouvernement avait-il pu en arriver là, bon sang ! Ils allaient piquer des hommes et des femmes dans le but de régler le problème de la surpopulation et des dépenses engendrées par leur retraite. De cette manière ? Elle n'en avait pas cru ses yeux. Elle avait dû lire cet article des dizaines de fois pour réaliser qu'il ne s'agissait pas d'un cauchemar. Le pire des cauchemars !

La procédure était très simple. Chaque habitant ayant atteint 65 ans devait se rendre à l'hôpital le plus proche. Sur place, des salles avaient déjà été aménagées pour permettre de pratiquer la géronthanasie. Un cadre zen. De la musique relaxante. Des massages. Tout avait été prévu. Des salles qui n'avaient rien à envier aux services palliatifs des plus grands hôpitaux, à en croire le Président. *Sauf que*, avait pensé Rose, *je risque de perdre l'amour de ma vie à cause de ta folie !*

Le ciel se voila subitement. Les prévisions n'étaient pas très bonnes. La pluie arrivait par l'ouest. Une nouvelle journée maussade venait de chasser les ténèbres, mais Rose restait assise. Son café avait refroidi. L'exemplaire du canard, elle l'avait gardé. Il était précieusement rangé dans un tiroir du bureau, à l'étage. Elle n'avait jamais compris les raisons qui l'avaient poussée à conserver ce terrible exemplaire. Peut-être était-ce une manière de conjurer le sort ?

Une façon de lui donner la force nécessaire à ce combat ?

Les jours qui avaient suivi, Charles, malgré son âge mûr, s'attela à créer son arrière-cave. Des journées et des nuits entières à peindre, fixer des verrous, organiser ce qui allait être son refuge. Rose et lui avaient la date fatidique de son 65e anniversaire bien en tête. Il ne leur restait que quelques semaines pour que tout soit prêt. Elle aurait aimé que leur fils aide son père, mais ce dernier avait toujours refusé. Pour lui, il était hors de question de mêler Phil à tout cela. De toute manière, il était très occupé et n'habitait pas la ville à côté.

Un coup de tonnerre l'extirpa de sa rêverie. Il était déjà 7 heures. Il était temps de retrouver son cher Charles dans les entrailles obscures de la maison. Charles… Rose l'aimait tant. Malgré des débuts difficiles, leur couple était d'une solidité que beaucoup enviaient. Elle sourit à cette idée. Un sourire à la fois mélancolique et triste.

Malheureusement, lorsqu'elle frappa à la porte de l'arrière-cave, personne ne lui répondit. Rose se laissa tomber au sol et pleura. Encore et encore.

50

On vint chercher Clara tôt dans la matinée. Elle, qui était une lève-tard, eut beaucoup de mal à émerger de son sommeil. Comme la veille, la lumière blanche lui assaillit les yeux. Tentant de les garder ouverts, elle remarqua que deux personnes (les mêmes que la veille) l'attendaient au pied du lit, bras croisés et mine enjouée. On lui demanda de se lever et de se préparer. Elle était attendue trente minutes plus tard devant la porte de sa chambre pour lui expliquer les règles du programme auquel elle participait malgré elle. Car il n'était pas encore achevé. Il demeurait une dernière épreuve…

Ne comprenant rien à leur discours, Clara se dirigea vers la salle de bains machinalement, sans se poser de question. Elle savoura sa douche comme s'il s'agissait de la dernière avant de mourir. Elle se sécha et mit du déodorant avant de se vêtir. Elle essora ensuite ses longs cheveux trempés avant de les torsader pour former un chignon qui tint tout seul.

Comme convenu, trente minutes plus tard, elle se trouvait devant la porte de ce que les autres appelaient sa chambre. Les deux hôtes en blouse blanche semblaient l'attendre de pied ferme. Leur sourire, qui sentait l'hypocrisie à plein nez l'agaça. Elle tenta de dissimuler son irritation. Elle les salua et annonça qu'elle en avait assez de tous ces mystères. Elle voulait rentrer chez elle. Tout en lui indiquant le couloir de droite, Mme « blouse blanche » lui promit qu'elle connaîtrait le fond de l'histoire dès leur arrivée dans le bureau. Il se trouvait au bout du couloir.

Clara continua à jouer leur jeu, à contrecœur… Elle ne prononça pas un seul mot et s'assit sur la chaise en plastique blanc qu'on lui avait désignée. *Mon Dieu,* pensa-t-elle, *tout est d'une telle limpidité ici ! Je vais tourner de l'œil face à cette overdose de blancheur immaculée !* Les blouses blanches prirent place face à elle avant de la couvrir de compliments en tout genre. Elle avait été exceptionnellement courageuse. Elle s'était sortie de situations qui auraient semblé insurmontables à la plupart des gens. Balayant d'une main toutes ces palabres, Clara les somma de cesser leur discours futile et d'en venir aux faits. Que faisait-elle là ? Et qu'était ce programme tordu ? En guise de réponse, M. « blouse blanche » mit en marche le moniteur pendu sur le mur derrière elle.

« Tournez-vous, Clara. Et regardez. » Elle obtempéra.

La vidéo commença. Un titre apparut à l'écran : « Clara, prison ou liberté ? Étude d'un sujet soumis aux pires conditions… » Clara frissonna, elle craignait de comprendre. Son sang se mit à bouillir dans ses veines. Ses yeux, injectés de sang, étaient prêts à tirer sur tout ce qui bougeait. Ils n'avaient tout de même pas filmé son séjour sordide dans cette prison ! C'était impossible ! Elle leur ferait payer les souffrances qu'elle y avait subies.

– Je vais vous poursuivre en justice ! Vous allez me le payer ! Mme « blouse blanche » réagit :

– Nous traîner en justice ? répéta-t-elle dans un rire qui glaça le sang de Clara. Mais vous avez signé en votre âme et conscience pour ce programme ! Vous avez intégré le jeu de votre propre volonté.

Clara était sur le point de craquer. Le choc qu'elle venait d'avoir dans sa poitrine lui fit l'effet d'une explosion. Elle avait signé pour cette horreur ? Le cauchemar continuait de plus belle, décidément ! Voilà qu'elle était coupable de ce qui lui arrivait. Tentant de garder son calme :

– Vous êtes complètement folle ! Jamais je n'aurais signé quoi que ce soit pour une émission de télé-poubelle ! Jamais !

– Et pourtant…

Un document d'une dizaine de pages fut mis sous les yeux incrédules de la candidate. Elle jeta un coup d'œil nerveux à la dernière page. Tout se mit à tourner autour d'elle. Elle eut l'impression de suffoquer. Au bas de la page, sa signature. C'était impossible. Elle était certaine de n'avoir jamais signé quoi que ce soit !

– Ce n'est pas ma signature ! cria-t-elle.

– Oh que si et vous le savez.

Clara baissa la tête. Elle la prit entre ses mains.

Ses tempes étaient prêtes à éclater sous la pression sanguine. Elle haletait. Comment tout cela était-il possible, bon Dieu !

– Visiblement, vous êtes bouleversée par toute cette histoire. Mais si vous prenez le temps de lire le contrat, vous verrez que c'est bien vous qui avez donné votre accord. Lorsque nous vous avons approchée, vous étiez plus qu'emballée par notre programme d'« Étude psychologique ». Je vous rappelle que vous êtes censée connaître les termes du contrat que, je vous le rappelle, vous avez signé. Notre équipe a le droit de débarquer à tout moment et d'emmener le ou la candidate dans notre camionnette. Cela fait partie du programme.

Le sang de Clara ne fit qu'un tour. *Notre camionnette…* Ces mots résonnèrent dans sa tête. Elle venait de comprendre pourquoi elle l'avait aperçue, cette fourgonnette. Quand elle était pourchassée par l'homme aux baskets rouges. Elle revenait à chaque fois au même point : devant une camionnette blanche. Le véhicule de l'équipe de télé ! Elle inspira avant de lâcher :

– Ce que vous faites est inhumain ! On m'a humiliée, on m'a droguée. Vous n'aviez pas le droit !

Elle posa un regard noir sur chacune des personnes qui l'entouraient. Tout sourire, tous semblaient l'admirer. Comme s'ils ne comprenaient pas que la jeune femme soit déboussolée et furieuse. Ce qui l'avait le plus frappée : ce sentiment de superficialité. Comme si tout cela était faux. Tout semblait se dérouler comme dans un film d'horreur. Le genre de film où tout un village est dépourvu de sentiments réels. Tout est aseptisé. Un sourire qui dissimule un gouffre sentimental. Le genre de personnages qui soudain se retournaient contre vous, car vous étiez considéré comme la brebis galeuse.

Clara tressaillit. Elle s'était échappée, mais n'était toujours pas en sécurité. Prisonnière, à nouveau.

– Des placebos, répondit laconiquement la « blouse blanche », rien d'autre que des placebos. Il ne vous a été administré rien d'autre que des substances sans danger pour l'organisme. Vous saviez que l'étude allait loin, parfois très loin. Vous étiez prête à relever le défi et vous l'avez réussi haut la main ! Vous pouvez être fière de vous, Clara, notre seule candidate à être parvenue à fuir.

Clara ne sut que répondre. Incompréhension. Incrédulité. Colère. Tout se bousculait dans sa tête. Elle avait besoin de se reposer. Elle était à bout de forces. Toute l'adrénaline avait fui son corps.

On lui conseilla de se calmer et de regarder en s'abstenant de commenter quoi que ce soit pour le moment. Elle n'en revenait pas. Elle jura tout au long de la représentation théâtrale morbide. Une petite voix lui disait au fond d'elle qu'il fallait qu'elle garde son calme… C'était de la folie, ces gens avaient tout filmé : depuis son arrivée dans sa cage jusqu'à son évasion !

Au bout d'une heure de calvaire durant laquelle Clara aurait voulu assassiner les « sourires ambulants » qui l'accompagnaient, M. « blouse blanche » mit fin à la mascarade. Une nouvelle fois, ils lui firent part de leur enthousiasme devant sa réussite. Clara les envoya paître. Elle voulut sortir sur-le-champ. On lui expliqua que les choses n'étaient pas si simples. Elle frappa du poing sur la table. Ils l'avaient enlevée pour participer à une étude. Elle avait failli mourir à plusieurs reprises et elle était parvenue à s'échapper. N'avaient-ils donc pas eu ce qu'ils voulaient ?

« Une femme enfermée fuit ses bourreaux ! », cria-t-elle. Que voulaient-ils de plus ? Il fallait qu'elle découvre un point essentiel : ce qu'elle venait de voir, des millions de gens à travers le pays l'avaient peut-être vu. Elle n'était pas sûre de saisir. Mme « blouse blanche » s'approcha d'elle. Dans sa poche, une seringue remplie d'un puissant somnifère. Elle craignait que Clara ne devienne violente en prenant connaissance de la suite. L'homme à la blouse blanche continua son discours. Elle ne pourrait pas quitter cet endroit seule. Sa nouvelle situation nécessitait des gardes du corps.

« Mais de quoi parlez-vous à la fin ? »

La réponse de M. « blouse blanche » résonna dans la tête de Clara tel un coup de massue. Elle était devenue la femme la plus célèbre du pays. Sa photo était dans tous les journaux et ses fans attendaient avec impatience de la rencontrer. Le sol se déroba sous ses pieds. Tout se mit à tourner autour d'elle. Elle allait se réveiller. C'était un mauvais rêve, pas la réalité. Elle posa les deux mains sur le bord du bureau pour éviter de s'écrouler.

On frappa à la porte. On alla ouvrir. Un homme en costume entra. Il était grand, élégant et sa diction était parfaite. Il salua Clara et se tourna vers les blouses blanches : « C'est vraiment elle ? Elle s'en est sortie ? » Ils hochèrent la tête à l'unisson. Il se présenta à sa candidate.

– Je suis le présentateur de « Prison ou liberté ? » Je suis très honoré de vous rencontrer enfin ! Vous avez tenu en haleine toute une population.

Il lui tendit le journal qu'il avait en main. Sans mot dire, Clara le saisit et une nouvelle onde de spasmes déferla dans tout son être. La première page lui était consacrée !

51

Les éclats de rire de M. Concerto résonnaient d'un pan de mur à l'autre. Rabougri dans un coin de la chambre, il gloussait pour des raisons qui lui échappaient. Si on lui avait demandé pourquoi il s'esclaffait, il n'aurait pu répondre. Tant pis. L'hilarité dont il était atteint depuis son réveil lui faisait du bien.

Peu à peu, des larmes tristes se mêlèrent aux larmes hilares. Il ne comprenait pas pourquoi, mais une immense peine prit soudainement possession de son être. La sécrétion transparente et salée coulait, creusant ses joues empourprées. Il couinait comme un enfant qui venait de recevoir une fessée.

Le Dr Quint, qui l'observait, pensa que son diagnostic était le bon. Cet homme était très malade. Il n'était même pas certain de pouvoir le guérir, malgré les puissants médicaments qu'on lui administrait. Le sujet passait de la joie à la peine et de la conscience à l'autisme en un quart de seconde. Sans parler de ses crises d'angoisse incessantes.

De son côté, M. Concerto avait cessé de gémir. Il semblait absent, le regard fixé sur le vide, comme absorbé par une scène invisible au commun des mortels. Son visage tout entier se figea dans une expression de terreur. De l'urine se mit à ruisseler le long de ses cuisses, imbiba son pyjama pour ressortir au niveau des mollets. Le liquide chaud ne le fit pas ciller. Soudain sa respiration s'accéléra. Il se mit à haleter. Il peinait à prendre son souffle.

De l'autre côté du moniteur, le Dr Quint lança l'alerte avant de quitter son bureau pour rejoindre son patient. Il faisait une crise psychotique dont il fallait le sortir avant qu'il ne plonge à jamais dans les abysses. Sans opposer de résistance, M. Concerto fut plaqué au sol par son psychiatre et des infirmiers venus lui prêter main-forte. On lui administra de l'endorphine. Il fallait qu'il passe à un état de bonheur sinon ils le perdraient irrémédiablement.

Lentement, M. Concerto reprit son calme. Le Dr Quint et les infirmiers l'aidèrent à regagner son lit. Puis ces derniers quittèrent la chambre pour permettre au thérapeute de s'entretenir tranquillement avec son patient. Il se mit au pied du lit en attendant que le malade reprenne ses esprits. Il espérait être intervenu à temps. Si M. Concerto ne sortait pas de son état hypnotique, le médecin le percevrait comme une défaite personnelle. Son rôle était d'aider et de soigner ses patients du mieux qu'il le pouvait. Une fois, il avait failli à sa mission et avait fait le serment de ne plus échouer.

M. Concerto lui rappelait le sujet qu'il avait perdu plusieurs années auparavant. Ils étaient tous deux atteints de la même forme d'aliénation. Il s'était battu jusqu'au bout pour le débarrasser des démons qui l'habitaient, mais ils avaient fini par avoir raison de lui. Il soupira balayant l'air d'une main, comme pour chasser ce mauvais souvenir. Il se releva, considéra son patient actuel qui avait le regard vitreux et lui demanda comment il se sentait. M. Concerto avait du mal à articuler. Ses lèvres semblaient engourdies, vestige de la crise qu'il venait de faire.

– À votre avis ? Comment vous sentiriez-vous après ça ?

– Mal. Je sais. Nous avons failli vous perdre cette fois. Vous avez fait une fameuse crise. Nous avons eu très peur.

– Et vous pensez que je n'ai pas eu peur, moi ? Tous les jours je crains pour ma vie et vous qu'avez-vous fait ? Vous vous êtes contentés de regarder vos moniteurs !

– De quoi parlez-vous, demanda le Dr Quint, troublé que son patient ait découvert la minuscule lentille qui perçait un des murs.

– Vous savez très bien de quoi je parle ! Arrêtez de faire semblant. Pourquoi m'avoir choisi pour ce programme sordide, hein ? Quel être humain est assez abject pour filmer la détresse d'une femme enfermée dans une prison où les puces pullulent et les gardiens violentent les détenus ?

Le Dr Quint tenta de rasséréner son patient. Il venait de comprendre. Ce n'était pas M. Concerto qui parlait, mais l'une de ses personnalités : Clara. De tous les personnages que son esprit avait créés, elle était celle qui fascinait le plus le psychiatre. Elle était profondément humaine, consacrant sa vie aux autres. Le Dr Quint la salua, il était heureux de l'entendre, mais elle devait partir. Elle ne pouvait pas investir le corps d'une autre personne, il fallait qu'elle s'en aille immédiatement. M. Concerto devait être seul. Pour une fois, il parvint à récupérer son patient sans encombre.

Il se sentait bien, il ne comprenait pas ce que le Dr Quint faisait là, ce n'était pas prévu. Il n'avait aucun souvenir de la crise survenue une heure plus tôt. Il annonça que les voix semblaient s'être calmées, mais étaient de plus en plus déprimantes.

De la tristesse, des cris, des pleurs. Il avait l'impression d'avoir perdu toute sa famille. Il était conscient que ce qu'il disait semblait fou (et c'était peut-être la raison pour laquelle il était cloîtré dans cette pièce), mais chaque jour amenait son lot de défunts. Le Dr Quint lui expliqua qu'il s'agissait du processus normal du traitement.

Plus il y aurait de morts, mieux il se sentirait. M. Concerto ne comprit pas cette réponse saugrenue. Il fallait qu'il soit triste pour guérir ? C'était insensé ! Le psychiatre lui dit que la forme de schizophrénie dont il était atteint provoquait des hallucinations auditives et visuelles, mais son cerveau dédoublait également sa personnalité. Il était temps qu'ils en parlent. Connaître la vérité l'aiderait à s'en sortir. Le regard du patient se durcit. Ce docteur était en train de lui dire qu'il y avait plusieurs « lui » ? Impossible, il ne croyait pas à ce genre d'inepties que les films hollywoodiens tentaient de faire avaler aux cinéphiles.

– Je sais que c'est difficile à croire, mais c'est la vérité, M. Concerto. Depuis que vous êtes ici, nous tentons, avec l'aide de puissants médicaments, de « tuer » un à un chaque personnage que votre cerveau a façonné. Je crois qu'il est temps que vous preniez conscience de la complexité de la chose. Vous m'avez plusieurs fois parlé de trous de mémoire, n'est-ce pas ? Ces pertes correspondent à l'intervention d'un personnage. Par exemple, il y a environ cinq minutes, vous étiez Clara, une femme médecin qui s'est fait enlever dans le cadre d'un programme grotesque. Elle est le fruit de votre imagination, comme le sont Charles, Rose et Françoise.

– Mais qui êtes-vous et que fais-je dans cet endroit ? Où est Charles ? Ils l'ont tué, c'est ça ? Pourquoi suis-je attachée ?

– Rose, je vous en prie, laissez M. Concerto tranquille, je dois lui parler. C'est important. M. Concerto, refaites surface, battez-vous. Revenez, nous devons parler. Cessez de vous cacher derrière vos créations. Nous devons nous entretenir.

M. Concerto ne répondit pas, s'emmurant dans le silence. Le Dr Quint décida de lui laisser un peu de temps pour se reprendre. Il reviendrait lui parler plus tard. Il se jura de venir à bout de cette maladie.

52

Seuls une lampe sphérique à la luminosité orangée ainsi que l'écran de son ordinateur illuminaient le bureau du Dr Quint dont les murs étaient sable. La pièce était sommairement décorée, mais avec un goût certain. Le nécessaire s'y trouvait : un secrétaire de type colonial déniché dans une brocante, des tiroirs pour y ranger les dossiers de ses patients dont il gardait une copie chez lui. Il lui arrivait régulièrement de se pencher sur l'un ou l'autre dossier. Le calme de son foyer permettait à son intellect de prendre du recul et donc d'y voir plus clair.

Il était déjà minuit passé. La journée avait été éprouvante et le psychiatre savait d'emblée que la nuit le serait tout autant. Il s'était servi un verre de cognac, juste ce qu'il fallait pour se détendre sans embuer son esprit. Il eut une pensée affectueuse pour la femme qui était entrée dans sa vie sans crier gare, il y a quelques mois. Le regard à la fois doux et mélancolique flotta devant lui. Il sourit. Il était heureux de l'avoir rencontrée, mais une part de lui culpabilisait. C'était une proche d'un patient. Il avait toujours mis un point d'orgue à ne pas mélanger vie privée et vie professionnelle. Et pourtant…

Cette rencontre n'avait pas été préméditée, loin de là. Sa chevelure, son regard, sa manière de bouger, tout lui avait plu dès qu'il avait aperçu cette femme. Il avait été très touché par la force empreinte de fragilité qu'elle dégageait. Cela faisait une éternité qu'il n'avait pas ressenti une telle attirance. Le travail. Toujours le travail. Ses patients accaparaient tout son temps et pourtant… Il avait eu le coup de foudre. À son âge, c'était de la folie. Mais l'heure n'était pas à la rêvasserie…

Ce soir-là, le Dr Quint voulut relire les notes prises lors d'une séance avec le patient qui le fascinait le plus : M. Concerto. Un cas de dédoublement de la personnalité qu'il avait rarement, voire jamais, rencontré au cours de sa carrière. Il but une gorgée du liquide ambré, se frotta le front pour évacuer le stress de la journée et introduisit le CD intitulé « M. Concerto - copie » dans le lecteur. Soupir. « À nous deux, l'ami ».

Le dossier se composait de différents fichiers. Au fur et à mesure des séances, le psychiatre était parvenu à dresser les caractéristiques ainsi que le comportement de chacune des personnalités qui s'entrechoquaient sous le crâne de son patient. Du bout des doigts, il fit défiler la liste des noms qu'il avait recueillis jusqu'alors en espérant qu'aucun autre ne lui avait échappé… Son regard finit par s'arrêter sur le fichier « Charles ». Hésitation. *Non*, dit-il à haute voix, *tu m'en as déjà appris assez*. Il fit glisser le curseur sur les autres noms : Clara, Françoise, Rose. Laquelle des trois lui permettrait-elle de déceler le moindre élément pouvant contribuer à la guérison de M. Concerto ? Peut-être qu'un détail, un événement, une situation, une petite chose qui pourrait le mettre sur la piste. Il l'espérait en tout cas.

Les approches qu'il avait tentées jusque-là grâce aux autres personnages créés par le cerveau de M. Concerto, n'avaient rien donné de probant. Son patient continuait de s'enfoncer. Le curseur en forme de petite flèche noire s'arrêta sur « Françoise ». La personnalité la plus complexe et qui ne se montrait qu'avec une pudique parcimonie. Une personnalité pleine d'empathie, certainement la plus altruiste que M. Concerto avait façonnée. Il cliqua. Plusieurs sous-fichiers apparurent à l'écran. Il choisit le dernier entretien en date. Il s'en souvenait très bien. Ce jour-là, chacune des personnalités s'était manifestée, mais plus particulièrement celle de Françoise.

Un frisson le parcourut, exactement la même sensation qu'il avait eue en questionnant M. Concerto. Il avait été abasourdi par la capacité de son patient à passer d'un personnage à l'autre, en adoptant l'attitude, la voix, les manières de chacun. Un seul et même homme parvenant à effectuer un incroyable tour de passe-passe intellectuel !

Sur l'écran, les notes du Dr Quint semblaient danser sous ses yeux. La fatigue. Le temps qui passait inlassablement aussi. L'homme se frotta les yeux, chaussa sa paire de lunettes et se concentra sur le passage où l'attitude et la voix de M. Concerto s'étaient faites délicates et harmonieuses. Françoise avait pris le dessus sur les autres :

– *Bonjour Françoise, merci de me rendre visite. Vous vous faites rare.*

– *J'ai énormément de travail, vous savez.* M. Concerto fit mine de remettre une mèche qui le gênait derrière l'oreille. *Que me voulez-vous docteur…*

– *Quint.*

– *Oui, c'est ça, comme l'empereur, ça me revient. Que voulez-vous ?*

– *J'aimerais m'entretenir avec vous.*

– *À quel sujet ? Faites vite, car je dois me remettre de toute urgence à la recherche de mon amie, Clara.*

– *Promis. Où vous trouvez-vous en ce moment ?*

– *Dans l'un de ces pays que je préfère ne pas nommer, vous comprenez ? J'ai trop peur des représailles. Mais sachez qu'être une femme ici n'est pas évident du tout. Il s'agit d'un combat permanent. Je dois rester prudente, je risque la torture, voire la prison si je me fais remarquer.*

Le patient gesticulait avec grâce face à son thérapeute, médusé.

– Je comprends. Vous disiez être à la recherche de Clara…

– *Oui, je suis terriblement inquiète pour elle. Là où nous sommes, les femmes ont tellement peu d'importance aux yeux des hommes et du gouvernement. Je crains que le pire ne lui soit arrivé. En plus de mon travail, je la recherche sans relâche depuis des semaines. Je suis épuisée, mais je refuse de l'abandonner.*

– *Françoise, ce tatouage, quand l'avez-vous fait ?*

– *Quel tatouage ?* M. Concerto balaya son corps d'un regard intrigué, à la recherche d'encre sur sa peau. Un silence embarrassé s'installa. Le Dr Quint continua :

– *Et Clara porte le même.*

– Pas du tout ! Elle a toujours été contre le fait de modifier son corps.

– Et pourtant, je vous assure que oui. Elle porte exactement le même tatouage sur le bras. Et vous savez pourquoi ? Parce que Clara n'existe pas ! Elle est le fruit de votre imagination, comme vous-même êtes la création de l'homme qui se trouve avec moi dans cette pièce…

À partir de ce moment, M. Concerto se ferma telle une coquille. Impossible d'en tirer quoi que ce soit. Toutefois, le Dr Quint avait été satisfait de cette séance. Françoise semblait être la plus discrète, mais sans aucun doute la plus sensée. Il avait voulu la convaincre qu'elle n'existait que dans la tête de son patient et ainsi l'aider à sa guérison.

Le Dr Quint leva les yeux au plafond à la recherche d'une idée, d'une méthode qui obligerait Charles, Rose, Françoise et Clara à quitter l'esprit de son patient. Il se faisait tard. La pluie s'était mise à lacérer l'unique fenêtre de la pièce. Le psychiatre referma l'écran sur le clavier de son ordinateur portable. « M. Concerto, quel mystère… quel cas d'étude. Je finirai bien par trouver la solution de cet engrenage », dit-il à haute voix tout en se dirigeant vers la salle de bains.

53

Clara, incrédule au premier abord, arracha le journal des mains du plouc en costume qui se dressait devant elle. Elle leva le bras avant de fouetter de sa main le visage de la femme en blouse blanche qui n'eut pas le temps de s'emparer de sa seringue. Clara semblait avoir perdu la raison. On aurait dit un animal enragé. De toutes ses forces, elle poussa la femme en blouse blanche contre le mur. Sous le regard ahuri du présentateur, elle s'enfuit du bureau à toute allure avec pour unique objectif la liberté.

Comme elle s'y attendait, les couloirs de ce faux hôpital étaient déserts. Pas une âme. Si les blouses blanches ne la rattrapaient pas, elle aurait la vie sauve, à condition qu'elle trouve la sortie.

Soudain, un son strident et assourdissant se mit à résonner, crevant les tympans de Clara. Elle continua de courir. Elle haletait. À bout de souffle, elle se dirigea vers une porte où le mot Exit était écrit en grandes lettres. *Mon Dieu, j'y suis presque, il faut que je me dépêche !* Des pas pressés à peine audibles à travers le cri de l'alarme poursuivaient Clara. Elle finit par poser la main sur la grande barre de fer qui ouvrait la voie de la liberté. Elle la poussa une première fois, sans succès. Elle se retourna, des hommes (elle reconnut les bourreaux de la prison) fonçaient vers elle. Elle jura. Deuxième tentative, la porte ne céda pas. *Pitié !* Ce ne fut qu'au troisième essai que la porte s'ouvrit.

Dehors, une horde de photographes et de journalistes l'interrogèrent. Où était Clara ? La connaissait-elle ? La fugitive se rassura, ils ne l'avaient pas reconnue ! Peut-être parce qu'elle était trop propre pour qu'ils la reconnaissent. « Allez-y, rentrez ! Clara est au bout du couloir ! » L'essaim de chroniqueurs se précipita vers l'entrée pensant rejoindre leur proie. Ils se heurtèrent aux hommes qui la pourchassaient.

Clara courait dans la nuit. Déstabilisée, elle ne reconnaissait pas ce quartier. Avait-elle été transportée dans une autre ville ? Ou pis, dans un autre pays ? Elle aperçut une petite ruelle où elle s'engouffra afin de reprendre son souffle et… ses esprits. Elle était à la fois heureuse et perdue. Elle leva les yeux vers le ciel parsemé d'étoiles. Il était superbe. Elle n'avait pas pu l'admirer depuis de longues semaines. Elle soupira. Il ne lui restait plus qu'à découvrir où elle était pour quitter cet endroit au plus vite.

Un craquement la fit sursauter. Elle cessa de respirer pour mieux entendre. Plus rien. Quelques secondes plus tard, un autre craquement l'interpella. Dos contre la façade d'une maison, Clara tourna la tête. Son cœur battait sous ses tempes. Elle ne savait que faire. Soudain, quelque chose passa entre ses jambes. Elle lâcha un cri qu'elle s'empressa d'étouffer de la paume de sa main droite. Des gouttelettes de sueur perlèrent sur son front. Elle baissa le regard. Il s'agissait d'un chat qui manquait certainement d'affection. Elle s'accroupit, posa une main sur la tête du petit félin, le caressant sur toute sa longueur. Cette douceur gratuite lui fit du bien. Elle avait oublié combien un câlin pouvait être salutaire. Elle sentit son moral se régénérer et était prête à reprendre la course vers sa vie perdue.

Elle était sur le point de repartir lorsqu'une main se posa sur son épaule. Son corps se pétrifia. « Ne vous inquiétez pas, je ne vous veux aucun mal. Je peux vous aider. » Cette voix lui était familière. Où diable l'avait-elle entendue ? Clara ne broncha pas. Elle aurait voulu crier, mais aucun son ne sortit de sa bouche. Elle se tourna vers la voix et découvrit Bob qu'elle avait assommé avant de s'échapper de sa cellule.

– S'il vous plaît, ne me ramenez pas là-bas. Je vous en prie. Ces gens sont complètement fous !

– Je sais. Je vous demande pardon. J'ai accepté ce poste parce que j'avais besoin d'argent et j'en ai reçu beaucoup. Je ne savais pas que cette émission de télé-réalité se révélerait si réelle ! Je vous le jure. Je pensais qu'il s'agissait d'une énième émission dont l'histoire est montée de A à Z pour faire grimper l'audimat. Je ne savais pas que les conditions seraient si mauvaises, s'excusa-t-il.

– Je vous crois. J'avais bien compris que vous étiez différent et je vous remercie de m'avoir aidée comme vous avez pu. Où sommes-nous ? Ai-je quitté la ville ?

– Non. Vous êtes simplement dans la banlieue. La ville n'est pas très loin. Si vous êtes d'accord, je vais vous emmener chez moi pour que vous vous remettiez des événements de ces derniers temps. Je vous donnerai de l'argent pour vous acheter des vêtements, prendre un billet d'avion et rentrer chez vous.

– Je veux rentrer chez moi tout de suite, ordonna-t-elle.

– Laissez-moi vous aider. N'oubliez pas que les gars de la télé vont vous traquer. Vous êtes leur poule aux œufs d'or et ils ne comptent pas vous lâcher comme ça. De plus, les journalistes veulent à tout prix vous rencontrer.

– Bref, tout le monde est à mes trousses. Parfait ! ironisa-t-elle.

– Oui… Suivez-moi, nous allons nous mettre à l'abri.

À contrecœur et lasse, Clara suivit son sauveur. Bob l'emmena dans un endroit calme. Il la fit ensuite monter dans une voiture aux vitres teintées. Clara se retrouva quelques minutes plus tard dans un appartement modeste, mais décoré avec goût.

En pénétrant chez Bob, Clara et lui furent accueillis par un petit chien qui remuait la queue de joic. Elle eut un geste de recul en voyant l'animal s'approcher. Il lui rappelait tellement son petit

chien. Elle l'avait perdu dans des circonstances terribles, mais tellement ordinaires. Il avait été renversé sous ses yeux. Après cette perte, Clara n'avait plus voulu aucun animal. Bob s'excusa pour l'enthousiasme débordant de son chien.

« Conchita ! Laisse mon invitée tranquille ».

Clara tressaillit. *Conchita ! Quelle coïncidence incroyable !* Elle pensait être la seule au monde à avoir un humour aussi spécial. Elle fut stupéfaite par la ressemblance. Il l'invita à s'installer dans un fauteuil en cuir, elle en apprécia le moelleux. Le jeune garde lui tendit une tasse de café fumant. Clara huma l'arôme du breuvage. Le café lui avait manqué. Elle remercia Bob de cette attention.

– Je m'en veux de m'être laissé embarquer dans cette histoire de fous sans rien faire pour vous aider, fit-il avec sincérité.

– Mais vous en avez fait plus que vous ne croyez.

– J'aurais fait ce qu'il faut lorsque vous aurez retrouvé votre pays et votre famille.

– Je n'ai pas de famille. J'ai été élevée par une mère perturbée que je ne vois plus depuis des années. Je ne vais pas entrer dans les détails de ma vie, mais je n'ai personne chez moi.

– Je suis désolé.

– Ne vous en faites pas, on s'y fait.

– Est-ce que vous avez faim ? Je peux vous préparer une pizza… surgelée. Je ne suis pas un cordon-bleu. Je m'en excuse.

– Je ne refuserai pas une pizza, même surgelée. J'adore ça et puis vous savez mieux que moi ce que j'ai mangé ces dernières semaines…

– Je sais…

Bob se leva, proposa à son invitée de se reposer. Il allait mettre leur dîner au four. Clara sourit. Dans la cuisine, le jeune garde déballa la pizza. Et alors qu'il l'introduisait dans le four, l'ampoule du plafond se mit à grésiller. Il leva la tête en se disant qu'il était temps de la changer. Une rafale de vent ouvrit soudain la fenêtre qui était mal fermée. Un air glacial s'engouffra dans la pièce. Les assiettes se mirent à trembler. Frissons. Bob fronça les sourcils. Un tremblement de terre était peu probable dans la région. Il se figea sur place lorsqu'il entendit un son guttural, presque inhumain. Il ne parvint pas à distinguer ce que la voix disait. Il tendit l'oreille. *Elle doit…* Silence. Bob restait sur place. Abasourdi. *Mourir…*

Soudain, il respira profondément comme si on lui avait tenu la tête sous l'eau. Halètements profonds et rapides. Alors que l'éclairage se mettait à clignoter, le jeune garde, affolé, se rendit dans le salon s'assurer que Clara et Conchita allaient bien. Un calme mystique régnait dans la pièce. Troublé, il retourna dans la cuisine. Tout était redevenu normal. *Tu es décidément très fatigué en ce moment*, se dit-il en se massant les tempes.

Lorsque la pizza fut prête, il la coupa en deux morceaux qu'il déposa dans chacune des assiettes. Il se dirigea vers le salon et s'aperçut que Clara dormait. Il hésita, mais se résolut à la réveiller. Il fallait qu'elle mange un peu. Engourdie par la chaleur du sommeil, elle demanda qu'il lui indique la salle de bains pour aller se laver les mains avant de manger.

Bob était déjà attablé lorsqu'elle réapparut, perdue dans ses pensées. L'épisode qu'il venait de vivre dans la cuisine le troublait. Ne montrant rien à Clara, il lui désigna sa place, lui servit un verre d'eau et un verre de vin. Il lui souhaita un bon appétit. Il était heureux : cette fois, ils prenaient leur repas ensemble à une vraie table. Clara lui sourit. Ils tentèrent de parler de leur vie, leurs projets, leurs envies. Mais ils évitèrent d'évoquer les mésaventures de ces dernières semaines. La jeune femme se rendit compte que son sauveur était un homme intéressant, mais un peu malchanceux. Il avait fait de brillantes études, mais à cause d'un petit problème de santé, il avait dû cesser de travailler. Cela faisait très longtemps que Clara ne s'était pas sentie aussi bien en compagnie d'un homme. Elle le lui dit. Bob éclata de rire. Il se disait la même chose, mais n'avait pas osé le lui confier.

Clara se mit soudain à tousser. Ses yeux semblaient sortir de leurs orbites à chaque contraction de son sternum. Bob comprit très vite qu'elle venait d'avaler de travers. Il se leva, lui tapa dans le dos. Rien n'y fit, elle suffoquait. Son teint s'empourpra, ses yeux injectés de sang appelaient à l'aide. Bob ne savait que faire. Il la secoua, lui leva la tête, introduisit son index pour retirer le morceau meurtrier. Impossible. Il dut se résoudre à appeler les urgences, quitte à dévoiler la présence de la fugitive chez lui. Tant pis !

Le temps que l'ambulance arrive, les doigts de Clara avaient lâché la main de Bob. Conchita était couchée en boule à ses pieds.

54

Sous la lumière blafarde de sa chambre d'isolement, M. Concerto fixa le plafond. Il venait de recevoir une dose de calmants et il avait l'impression de flotter dans du coton. Rêvassant au jour où il quitterait enfin cet endroit sinistre, il lâcha un soupir de bien-être artificiel insufflé par les médicaments.

Soudain, il se raidit. Un son étrange, qui ne lui sembla pas humain, se fit entendre de l'autre côté de la pièce. Il tenta de lever sa tête qui était si lourde qu'elle pencha sur le côté. Sa vue était trouble. Il se concentra pour mieux voir. Rien. Il se rasséréna. Il ferma les yeux un court instant, mais les rouvrit rapidement. À nouveau cet étrange son. Il semblait s'être rapproché. M. Concerto ne put déterminer la tache sombre qu'il voyait près de lui. Son cœur se mit à battre rapidement. Sa respiration s'accéléra. Il tenta de se mettre en position assise, mais n'y parvint pas. Ses chevilles et ses poignets étaient sanglés. Sa tête retomba en arrière.

De l'autre côté de la chambre, la tache semblait se déplacer. L'instinct de M. Concerto le mettait en garde, cette chose était dangereuse ! Il entrouvrit la bouche pour crier, mais aucun son n'en sortit. Plissant les yeux, un frisson le traversa tout entier : devant il s'agissait d'un rat ! Il avait les yeux rouges et poussait de petits cris.

M. Concerto n'en revint pas. Comment un rat avait pu se faufiler dans un tel endroit ? La bête s'approchait inexorablement du patient. Elle lui semblait énorme. Énorme et menaçante. Et si elle le mordait ?

Malgré le peu de forces que les médicaments lui avaient laissées, M. Concerto se débattit pour effrayer cette horreur qui s'approchait de lui. Il la voyait nettement maintenant. Elle n'était plus qu'à quelques centimètres de ses pieds, mais malgré les coups qu'il donnait, le rat continuait d'avancer. *Au secours ! Aidez-moi ! Elle va me dévorer !* Ces appels, il ne put les prononcer. Il était maintenant en colère. Ces calmants étaient très puissants ! *Quint ! J'aurai ta peau !* Le rat finit par se faufiler sous son pantalon. M. Concerto hurla de terreur. Une goutte de sueur froide coula le long de ses tempes. Il sentait les pattes froides de l'animal sur sa peau. Elles continuaient leur ascension encore et encore. Le rat était au-dessus du genou maintenant. M. Concerto continuait à bouger les jambes, vainement. Il avait beau ouvrir la bouche pour hurler, aucun son ne jaillissait. Il tapait des poings sur le lit. Cette pourriture d'animal allait le dévorer tout cru !

Depuis son bureau sur lequel ses doigts pianotaient nerveusement, le Dr Quint assista à toute la scène, retransmise par la caméra, sans réagir. L'état de son patient n'allait pas en s'améliorant. Il inspira profondément. Vers quelles méthodes devait-il se tourner pour lui venir en aide. Ses hallucinations semblaient déjouer tous les produits chimiques inoculés à son patient. Il haussa les épaules et se résolut à le rejoindre pour le calmer.

55

Installé devant son écran d'ordinateur, le Dr Quint communiquait avec l'un de ses confrères qui utilisait une méthode peu populaire, mais qui semblait donner des résultats sur les patients les plus atteints. Jusqu'alors, il s'était contenté de suivre le protocole officiel. Séance de psychanalyse sur séance de psychanalyse, neuroleptiques sur neuroleptiques. Rien de tout cela n'avait eu d'effet durable sur M. Concerto.

Le Dr Quint soupira. Au fil du temps, il avait gravi les échelons. Il était respecté et parfois même redouté de tout le service psychiatrique. Il avait toujours travaillé dans cet hôpital. Il avait la psychiatrie dans la peau. Il disait souvent que c'est tout ce qu'il était capable de faire : scruter les méandres les plus obscurs de l'esprit humain. Il avait une belle renommée aujourd'hui. Ses débuts n'avaient pas été simples. Il avait été considéré comme trop jeune pour s'occuper de certains patients dangereux. Mais il avait rapidement prouvé aux mauvaises langues qu'il excellait dans l'art de la manipulation de l'esprit humain. De succès en succès, il était finalement parvenu au poste de chef de service.

Cependant, cette fois, il se retrouvait face à un cas rare : un patient qui redoutait de se séparer des personnages qu'il avait inventés. Il n'avait jamais vu une telle lutte contre les effets des médicaments. Des mois d'isolement sans que M. Concerto ne se débarrasse de ses démons intérieurs. Il se gratta le front. Sous ses yeux, l'écran se remplissait de texte. Son confrère lui expliquait sa méthode de soins. Dans un tel cas, il fallait parfois user de pratiques plus… radicales.

Le Dr Quint le savait, mais se refusait à l'accepter. D'une certaine manière, c'était avouer son échec. Lui qui s'était battu dans sa jeunesse pour que les méthodes radicales ne soient plus appliquées. Pourtant, elles semblaient être à nouveau pratiquées dans certains pays. Une version contemporaine, sans risque, affirmaient les partisans de cette technique prétendument révolutionnaire. Et il était sur le point d'utiliser l'une d'entre elles sur l'un de ses patients.

Un éclair déchira l'épaisse couverture nuageuse. Des gouttes vinrent s'écraser contre la fenêtre. D'abord lentement. Puis l'averse redoubla d'intensité. Le Dr Quint observa le déluge quelques instants, perdu dans ses réflexions. Le son caractéristique d'un message reçu le fit revenir à sa lecture. Son confrère comprenait parfaitement ses craintes, mais la technique avait évolué et n'était plus aussi agressive que par le passé. Il s'agissait d'une intervention délicate, mais qui valait la peine. Ses patients se sont sentis beaucoup mieux ensuite, malgré quelques conséquences inévitables. Perte de mémoire, lenteur, parfois apathie. Toutefois, dans tous les cas, les sujets étaient moins torturés. Il était prêt à faire le déplacement pour guider son confrère.

L'opération devrait se faire en collaboration avec un neurochirurgien évidemment. La technique barbare du début du XXe siècle avait laissé place à une méthode moins radicale, moins intrusive, lisait le Dr Quint. Elle consistait à stimuler certaines zones du cerveau du patient. Dans le cas de M. Concerto, il s'agissait de se concentrer sur la région frontale. L'opération consistait, non à lobotomiser le patient, mais plutôt à placer des électrodes pour exciter certaines zones cérébrales. Le psychiatre retira ses lunettes, se frotta les yeux d'une main et regarda par la fenêtre. La pluie continuait sa sérénade macabre, comme pour lui signifier que le ciel était mécontent de ce qu'il s'apprêtait à faire.

Il inspira une goulée d'air avant de l'expulser lentement. Il allait devoir s'entretenir avec son patient. Même si une petite voix le prévenait du danger, il se dit que c'était là une chance, certainement l'ultime de le sauver.

Les vitres de la fenêtre vibrèrent au son du tonnerre qui venait d'éclater.

56

M. Concerto avait passé une nuit agitée. Il s'était réveillé dans un soubresaut. Sa respiration était bloquée. Il avait eu beau inspirer, l'oxygène ne passait pas. Il avait dû avaler sa salive de travers. Il se mit en position assise pour mieux contrôler sa respiration. Ses idées se brouillèrent, il eut l'impression d'être dans une de ces montagnes russes qui vous mettent la tête en bas. Il se força à tousser, ce qui aida l'air à passer un peu mieux dans sa trachée.

Peu à peu, il reprit son calme. Sa respiration saccadée devint constante. Il s'épongea le front à l'aide de son drap. Il avait eu chaud. Il était hors de question qu'il meure maintenant. Il n'avait pas encore eu l'occasion de retrouver une vie normale. Il était trempé de sueur. Il avait hâte que l'infirmière vienne le chercher pour la douche hebdomadaire. En attendant, il s'allongea encore un peu. Il voulait tenter de se remémorer le rêve qu'il avait fait. Lui et le Dr Quint parlaient sans cesse de ses songes et il n'aurait rien à lui raconter s'il ne s'en souvenait pas.

Plus tard dans la matinée, M. Concerto, qui s'était assoupi, fut réveillé par le vacarme que faisait l'infirmière.

S'il voulait être propre, il devait se lever sur-le-champ. Il savait bien qu'elle ne bluffait pas. Elle lui laissait en général une minute pour quitter le lit. À plusieurs reprises, il n'avait pas été assez rapide et avait fini la semaine, puant comme un animal. Il raffolait du jour de la douche, car non seulement il sentait le savon, mais on l'emmenait ensuite faire une promenade dans le parc. Ce bol d'air lui était salutaire. Il était persuadé que sans cette incursion dans le décor verdoyant, il serait mort de déprime. La blancheur des murs de sa chambre était plus agressive qu'apaisante. Et n'importe qui sortirait de ses gonds au bout de quelques jours.

Sous le jet puissant de la douche, M. Concerto pensait à sa vie dès qu'il aurait quitté cet endroit. Il tenterait de retrouver du travail, de mener une vie sociale normale et de construire une famille. Mais avant d'accomplir ses ambitions, il tenait à rendre à sa femme la monnaie de sa pièce. Elle l'avait fait enfermer dans cet endroit et devait payer d'une façon ou d'une autre. Il finirait par leurrer le docteur qui signerait son autorisation de sortie. M. Concerto se réjouit des plans qu'il élaborait mentalement. *Vous êtes une célébrité. Grâce à vous, l'audimat a explosé.* « Silence ! », marmonna-t-il. *Entrez, Clara est au bout du couloir.* « Allez-vous-en ! Je ne veux plus vous entendre ! Je veux quitter cet hôpital ! » L'eau fut coupée subitement, comme d'habitude. D'une réflexion à l'autre, M. Concerto n'avait pas eu le temps de se rincer. Qu'importait, il était propre, c'est tout ce qui comptait.

Une demi-heure plus tard, il était installé sur un banc du parc, attaché, comme l'exigeait le protocole. L'infirmière, qui lui rappelait Peggy la cochonne, lisait un roman à l'eau de rose ridicule, comme toujours. Lui préférait voguer d'une inspiration à l'autre, pendant que le visage terne de la truie changeait d'expression à chaque ligne. Il la regarda du coin de l'œil et ne put s'empêcher de voir l'infirmière embrochée comme un cochon de lait. *Pauvre fille*, pensa-t-il, *tu es d'une laideur… Je suis sûr que ta vie ne ressemble à rien. Elle doit être aussi vide que ton regard. Quel est ton passe-temps préféré ? Lire ces romans bas de gamme ? Ouais… je suis certain que non. À bien te regarder, tu dois passer ton misérable temps à vider ton frigo. Pff, tu ne mérites même pas de vivre.* Le regard de l'infirmière se posa sur celui de M. Concerto. Elle lui fit un sourire discret. Il fit de même. *C'est ça, pauvre idiote, souris. C'est toi qui devrais être attachée comme une bête, pas moi ! Moi, j'ai une apparence humaine, tandis que toi…* Il éclata de rire. L'infirmière n'y prêta aucune attention.

De retour dans sa chambre, M. Concerto s'allongea sur le lit. L'air frais le fatiguait toujours. Il décida de faire une sieste. Qu'avait-il d'autre à espérer de toute façon ? Il savait que le Dr Quint viendrait le voir. Il ne lui lâchait plus la grappe, celui-là. Il aurait voulu qu'on le laisse tranquille. Il était las de passer son temps à expliquer ce qu'il ressentait. D'un autre côté, son psychiatre était la seule personne à convaincre s'il désirait quitter cet endroit. Sombrant dans un état de semi-conscience, M. Concerto se promit qu'il persuaderait son thérapeute de sa guérison. *Je te dirai ce que tu veux entendre, mon grand. Et hop ! à moi la liberté.* Il ricana.

Ce jour-là, le Dr Quint ne rendit aucune visite à son patient. Il avait reçu son repas en fin de journée, mais n'avait vu personne d'autre que la truie en blouse blanche. *Ce n'est pas grave, se dit-il, si ce n'est pas aujourd'hui, ce sera demain. On n'en est plus à un jour. Ne t'inquiète pas, Quint, je sortirai d'ici plus tôt que tu ne le crois, je te le promets.* Il dévora son repas. Pour une fois, celui-ci lui sembla délicieux.

57

Ils venaient de m'emmener. On m'avait administré un calmant et expliqué le déroulement de la terrible matinée qui m'attendait. J'avais beau m'être débattu de toutes mes forces, j'avais fini sanglé sur un brancard. Le transport vers ma chambre au sous-sol m'avait semblé durer une éternité. Un enchevêtrement de couloirs infinis avait défilé sous mes yeux rougis. Lorsque j'avais pénétré dans la salle d'opération, une affreuse chair de poule avait hérissé les poils de mon corps. L'endroit était extrêmement éclairé, j'en avais été ébloui. Tout était d'un blanc éclatant…

Cette lumière… J'aurais tant voulu me couvrir le visage de mes mains. Mais elles étaient fermement attachées. J'ai levé les yeux. Plusieurs lampes aveuglantes étaient orientées dans ma direction.

Mon cœur battait la chamade au rythme de la musique techno que j'avais choisie, mais qui m'oppressait à présent. Autour de moi, j'entendais absolument tout ce qui se déroulait. Le Dr Quint était présent. Des infirmières. Un neurochirurgien. Certains mesuraient mes constantes, d'autres préparaient des ustensiles, d'autres encore s'apprêtaient à me raser le crâne. Malgré ma volonté de m'échapper, je n'y étais pas parvenu. Ils étaient sur le point de me couper le crâne en deux. Mon Dieu ! Venez-moi en aide ! Sueurs froides.

Angoisse. Colère.

Tristesse.

Les sentiments se mêlaient dans un capharnaüm insupportable. L'opération allait se dérouler sous anesthésie locale ! J'allais entendre tout ce qui se passerait et cela sans pouvoir bouger tant les sangles avaient été bien serrées. Soudain, le son caractéristique d'une tondeuse électrique se fit entendre. Je frémis lorsque les minuscules lames se mirent à me couper les cheveux. Une goutte de sueur glaciale coula le long de ma nuque. Ma respiration s'accéléra entre deux « Restez *calme. Tout va bien se passer ». Une larme de rage roula sur ma joue rougie et termina sa course dans mon cou.*

« Voilà, il est prêt », annonça une voix féminine. Je tressaillis.

– Non, attendez, lançai-je.

– Ne vous inquiétez pas, répondit le Dr Quint.

Une infirmière vint me caresser la joue. Son regard était plein de compassion. Cela me réchauffa le cœur.

– M. Concerto, surtout, si vous ressentez une quelconque douleur, aussi minime soit-elle, dites « Stop », me confia celui qui s'était présenté comme le neurochirurgien qui allait m'opérer.

– Je ne veux pas que vous m'ouvriez le crâne ! Non *! Pas ça !*

– M. Concerto, s'il vous plaît, je vous ai expliqué la manière dont nous allons procéder. Nous ne sommes pas dans un film. Nous allons placer à travers un petit trou dans votre boîte crânienne des électrodes qui vont stimuler votre cerveau et faire disparaître les autres… « vous » définitivement, me dit la voix rauque du Dr Quint.

Soudain, un son crispa chaque particule de mon corps. On aurait dit cet affreux outil utilisé par les dentistes. Un dzzzzzzzzzz terrifiant ! Ils allaient le faire ! Ils allaient me lobotomiser ! Aucune échappatoire ! Je lâchai un « Au secours » guttural, presque animal.

Un sursaut m'arracha de l'horrible cauchemar que je venais de faire. J'ouvris les yeux, mais des ombres menaçantes continuaient à danser autour de moi. J'avais froid. Je tremblais. J'avais chaud. Des gouttes de sueur suintèrent de mes pores. Je tentai de me calmer. Je fixai le plafond. J'avais mal à la tête. Je frissonnais. Je me rouvris les yeux de mes mains tremblantes. Ma tête était si lourde. Voilà, c'était officiel. Ils allaient m'ouvrir le crâne et faire de moi un légume !

L'annonce de la veille avait fait l'effet d'une explosion dans ma tête. J'étais en colère, je détestais la Terre entière, j'avais si peur… L'opération n'était pas dangereuse d'après ces maudits médecins, mais elle allait durer plusieurs heures. La date avait été fixée par l'équipe du Dr Quint. Ils viendraient me chercher tôt dans la matinée, ce jour-là. Il ne me restait que très peu de temps. Il fallait trouver le moyen de fuir !

Ce fut dans un effroyable sursaut que je me réveillai de cet affreux cauchemar. Je ne pouvais rester plus longtemps sans rien faire. Il fallait que je sorte d'ici. Sans quoi ce cauchemar allait se réaliser !

58

Ce matin-là, ce ne fut pas l'infirmière habituelle qui vint apporter le petit-déjeuner de M. Concerto. Il ne l'avait jamais vue celle-là. D'où sortait-elle ? Il y gagnait au change : elle était jeune, très mignonne et polie. Bien entendu, son esprit malin vit plus loin. Elle était peut-être sa chance de s'enfuir de cet endroit. Il était hors de question qu'il subisse cette sordide opération ! Il garda son calme tout au long de leur court entretien, c'est-à-dire une phrase chacun. D'un large sourire, que la jeune infirmière lui rendit, M. Concerto la remercia avant de lui souhaiter une excellente journée.

Au moment de fermer la porte, le patient demanda rapidement où se trouvait sa collègue. Elle aurait attrapé un virus et était souffrante.

« La pauvre, j'espère que ce n'est rien de grave. Elle est si gentille », avait-il lâché avec hypocrisie. *Bon vent, grosse truie !* Le petit-déjeuner était très moyen, comme chaque jour. Mais M. Concerto était au septième ciel, il jubilait à chaque bouchée de tartine à la confiture d'orange.

Lorsqu'il eut achevé son repas, il fit quelques pas. Il estimait qu'un peu d'exercice le matin était essentiel. Il ne voulait pas devenir un vieil homme avarié et bon à mettre aux ordures.

Soudain, un déclic se produisit dans sa tête. Mais oui ! Cette jeune idiote avait été si distraite qu'elle en avait omis de verrouiller la porte. Cette découverte le fit bramer d'allégresse, l'accès vers la liberté était à sa portée ! Un orgasme ne lui aurait pas procuré autant de plaisir. *OK, reste calme surtout. Il est encore tôt, ils sont tous en vadrouille et les médecins n'arriveront pas avant une heure. Il va falloir que tu te dépêches, mais tout en douceur.* Il passa ses mains dans ses cheveux pour les remettre en place, inspira profondément et posa la main sur la poignée. Son cœur était prêt à sortir de sa gorge tant il s'était emballé. Le moment était venu. Il allait retrouver la liberté ! Il entrouvrit la porte de quelques millimètres. Juste assez pour voir ce qui se déroulait dans les couloirs de cette prison aux murs limpides. C'était calme.

Il prit son courage à deux mains et se faufila dans l'ouverture qui lui faisait de l'œil depuis quelques secondes. Le premier réflexe fut de se plaquer dos au mur au lieu de courir comme lors de sa dernière tentative. Il savait où se trouvait la sortie. Elle n'était plus très loin. Jusque-là, personne ne l'avait aperçu. Il continua sa route vers sa récompense. Elle l'attendait au fond du corridor. Il se moqua des systèmes de sécurité. Des caméras partout et personne n'avait remarqué qu'un type en pyjama se baladait dans les couloirs. *Incroyable !* Sur la gauche un vestiaire. Il plaqua son dos contre le mur et scruta rapidement la petite pièce à la recherche de baskets. *Bingo !* Il en aperçut une paire. Elles étaient rouges, sa couleur préférée. Il les enfila et ressortit à pas de loup.

Pour courir plus vite…

M. Concerto, qui avait de plus en plus de mal à contenir son excitation, se dirigea vers la porte de sortie. Il posa ses mains sur la barre métallique, donna un coup sec et entrevit la lueur divine d'un matin d'été. Ce ne fut qu'une fois à l'extérieur qu'il se mit à courir. Destination : la maison.

Il ne connaissait pas bien cette partie de la ville, mais peu lui importait, il avait toujours été futé. Il courut aussi vite que ses jambes le lui permirent. Il devait arriver chez lui avant que les infirmières ne donnent l'alerte. Il se dirigea vers une ruelle, se planta au coin, tendit le bras avant de lever le pouce en direction des conducteurs qui animaient la ville chaque matin.

Une.

Deux.

Trois voitures passèrent sans même prêter attention à cet homme en pyjama faisant du stop. M. Concerto jura en tapant du pied. Il finirait par se faire prendre par quelqu'un tout de même ! Au loin, il aperçut un taxi. C'était sa chance. Il s'avança vers la route et le héla. Le véhicule s'arrêta quelques mètres plus loin. Le conducteur fut surpris de voir un homme en pyjama et en baskets rouges. M. Concerto se présenta et annonça que son histoire était trop longue à raconter. Face au scepticisme du chauffeur, il lui assura qu'il lui paierait la course. Il devait se rendre chez lui d'urgence. Il avait du liquide dans son coffre. Il paierait le trajet deux fois le prix. L'homme derrière le volant se décrispa et invita son client à prendre place sur la banquette arrière. Heureux, il s'exécuta.

Face à la curiosité du taxi, M. Concerto lui assura qu'il était une personne très influente, qu'il menait une vie aisée, mais qu'il connaissait quelques difficultés conjugales. Le conducteur sembla comprendre la situation. Il rit. Lui aussi s'était une fois retrouvé presque nu dans la rue parce que sa femme et lui s'étaient disputés. Elle était Italo-Espagnole, un mélange détonant selon lui. Elle démarrait au quart de tour. Ils rirent tous deux de bon cœur. Pas pour les mêmes raisons. M. Concerto, lui, pensait à la tête qu'allait faire Arielle quand elle s'apercevrait de son retour à la maison…

Évidemment, à cette heure de la journée, la circulation était dense.

M. Concerto leva les yeux au ciel tout en tapant du pied. Il ouvrit la fenêtre et fut happé par la chaleur qui s'engouffra dans le véhicule. Il inspira à pleins poumons cette merveilleuse odeur de liberté. Il ne remarqua toutefois pas le chauffeur qui jetait des coups d'œil rapides dans le rétroviseur en fronçant les sourcils. Dans sa main, son portable. Il pianotait des mots à l'attention de la sécurité de l'entreprise de taxis pour laquelle il travaillait. *Client suspect. Suivez ma position GPS.* Il remit le portable sur le siège passager.

– Belle journée, hein ? lâcha-t-il à l'attention de son client.

M. Concerto se contenta d'un ricanement.

Arrivé devant sa maison, il demanda au chauffeur de l'attendre.

– Le compteur peut continuer à tourner, ce n'est pas un problème. Je n'en ai pas pour longtemps.

Il descendit du véhicule et se dirigea vers le jardin. Il préférait entrer par l'arrière.

La maison de la famille Concerto était une bâtisse des années 1920, à quatre larges façades. Il avait toujours aimé la porte cochère qui donnait accès au vestibule de cette trop grande maison. Maison dont Arielle avait hérité de sa défunte grand-mère. La façade en briques rouges semblait ne pas avoir souffert du temps. Un foyer rassurant, plein de bonnes ondes. Ils y avaient vécu des moments inoubliables.

Son attention fut néanmoins retenue par la voiture garée devant son garage. Il fronça les sourcils. Ce n'était ni celle d'Arielle ni la sienne. *Je le savais. Cette salope m'a fait enfermer pour vivre avec un autre.* À pas de loup, il traversa le jardin. Il avait de la chance, par cette chaleur, Arielle avait l'habitude de laisser la baie vitrée entrouverte. *Merci, ma chérie, tu me facilites le travail.* Il gloussa.

La rue était plutôt calme à cette heure. La plupart des voisins étaient au boulot. Certains d'entre eux ne tarderaient pas à rentrer pour déjeuner. D'autres préféreraient le restaurant de l'entreprise. Seuls les commères d'en face et leurs maris se trouvaient chez eux. Ils ne se doutaient pas que dans quelques minutes les gyrophares allaient réveiller le quartier. Ils ne se doutaient pas que, cachés derrière leurs rideaux, ils étaient sur le point d'assister à un épisode taille réelle des « Experts »…

L'homme scruta les alentours. Pas de voisins curieux à l'horizon. Il s'introduisit à l'intérieur sans encombre. Il s'arrêta quelques secondes devant l'horloge dont il détestait tant le *tic-tac*. Huit heures. À cette heure-là, Arielle devait être dans la salle de bains.

S'assurant qu'il n'y avait personne, M. Concerto alla dans la cuisine, s'empara d'un couteau à viande dont il testa le tranchant sur son bras. Le vif tiraillement le fit grimacer. *Parfait. Elle va voir de quel bois je me chauffe.*

Il grimpa l'escalier qui donnait sur la salle de bains, s'arrêta sur le palier et tendit l'oreille. L'eau coulait. *Très bien, ce sera plus facile. Mais avant, allons voir ce qui se passe dans la chambre.* Sur le palier, il marqua une pause. Les cadres photos attirèrent son attention. Il les détailla. Anniversaires. Noëls. Des moments de bonheur pris sur le vif. Il ploya la tête. Notion tellement éphémère, le bonheur. Le cœur battant, il se dirigea enfin vers la chambre qui se trouvait au même étage que la salle des bains. La porte était grande ouverte. À cet instant précis, sa respiration s'accéléra. Un frisson rampa le long de son échine. Un grognement s'échappa de sa bouche.

Comme il s'y était attendu, un homme nu lui tournait le dos. Il ronflait comme un cochon. *Je vais vous tuer tous les deux !* Il s'approcha du corps endormi. Leva le bras et asséna plusieurs coups de couteau. La douleur fut si intense que l'homme se réveilla dans un hurlement. M. Concerto sentit le sol se dérober sous ses pieds lorsqu'il découvrit le visage de l'amant de sa femme. Le ciel s'assombrit brusquement comme pour exprimer sa colère.

« Docteur Quint ! Espèce de traître ! Crève ! » M. Concerto enfonça le couteau dans la carotide de son psychothérapeute, qui passa de vie à trépas en quelques secondes.

Arielle, qui n'avait rien entendu, s'habillait en fredonnant. Lorsqu'elle découvrit son mari en ouvrant la porte, elle tenta de camoufler sa frayeur. « Mon chéri ? Ils t'ont laissé sortir ? » Un poids écrasait ses poumons, elle avait du mal à respirer.

– Non, *chérie*, je suis sorti, seul comme un grand. Tu ne m'embrasses pas ? dit-il, narquois.

– Bien sûr. (Elle posa un baiser sur sa joue). Tu n'as pas le droit de t'échapper, tu le sais. Ils vont te chercher.

– Je m'en fous. De toute façon, tu as détruit ma vie. Et tu vas le payer, dit-il en brandissant le couteau ensanglanté.

– Mon Dieu ! Qu'as-tu fait ?

– Devine. Il y avait un intrus dans notre maison, je me suis défendu, c'est tout.

– Non… Pitié, tu n'as pas fait ça !

– Oh que si. Et tu vas rejoindre ce salopard dans l'au-delà, *chérie*. Arielle était pétrifiée. Elle tenta de s'enfuir, mais son mari lui barrait la route. Comment faire ? À l'extérieur, les sirènes perçantes des voitures de police hurlaient dans tout le quartier. L'alerte avait été donnée. M. Concerto fut déstabilisé par le son qui semblait lui déchirer les tympans. Il ne supportait pas les alarmes. Il baissa sa garde un court instant. Arielle saisit l'occasion pour le pousser et s'enfuir par l'escalier. M. Concerto se mit à poursuivre celle qui l'avait trahi.

Une fois dehors, la pluie lui fouetta le visage. Haletante, elle fut prise en charge par deux policiers.

Une voix émana d'un mégaphone : « Veuillez sortir les mains sur la tête. » M. Concerto n'avait pas franchi le pas de la porte. Il était pris au piège et se retrouvait une fois encore enfermé. L'ironie du sort voulut que cette fois il soit coincé dans sa propre maison. Le ciel sembla se déchirer sous l'assaut du tonnerre qui grondait. Il eut subitement la sensation d'avoir vécu toute sa vie dans une prison invisible. Il avait été prisonnier de son esprit instable, des voix qui l'habitaient et maintenant de sa propre demeure.

Au bout de maintes réflexions, il se mit à sangloter. Il ressentait la peine d'un deuil, comme si une personne chère avait disparu. Il finit par sortir. Il fut sommé de mettre les mains en évidence. Faisant fi de l'avertissement, il garda les mains derrière son dos. Il continuait à pleurer à chaudes larmes. Sa peau finit par céder sous la pression de la lame qu'il serrait dans sa main droite. Du sang s'échappa de la plaie.

« Tirez ! Qu'est-ce que vous attendez ? » hurla-t-il d'une voix féminine. « Le type qui est dans cette maison a été mon professeur. Je viens de l'assassiner. Il l'a bien mérité ! Ce salopard m'a violée alors que je n'étais qu'une étudiante ! S'il vous plaît, tuez-moi ! Je n'en peux plus de cette vie. »

« Ne tirez pas ! Baissez vos armes immédiatement ! » hurla le chef de police. Puis, il se retourna vers Arielle :

– Qui est-ce ?

La femme, trempée jusqu'aux os, ne put répondre. La boule de feu qui voulait s'échapper de sa gorge l'en empêchait. Elle tenta de garder son calme et réprima son envie douloureuse d'éclater en sanglots.

Le vent se leva.

Tous demeurèrent de longues secondes à guetter le jeune homme qui venait de surgir, sans comprendre ce qu'il se passait.

Les commères d'en face ne prirent même plus la peine de se cacher. Malgré le temps qui devenait humide. « Curieux un jour, curieux toujours », disait Arielle, qui à une époque s'amusait à les provoquer gentiment. Les bras croisés, les commères regardaient en direction de ce jeune homme en pyjama. Peu à peu, elles s'approchèrent pour mieux entendre ce qui se disait. La scène leur sembla tellement irréelle. Figée dans le temps. Le moment tant attendu. Un peu d'animation dans leurs ennuyeuses vies.

– Je l'ai toujours trouvé bizarre, ce gamin, lâcha la première.

– Tu trouves que tout le monde a un grain, toi, répondit la seconde.

– Je sais pas, cette lueur dans son regard m'a toujours donné la chair de poule.

– Une famille sans histoire…

– Les familles sans histoire attirent rarement les flics, si tu vois ce que je veux dire. Personnellement, cela ne m'étonne pas. Un garçon si proche de sa mère, ça m'a toujours semblé malsain. Incestueux, même.

– Mais tu exagères. Il aime sa maman. C'est pas évident de se construire sans figure paternelle, tu sais. Je sais de quoi je parle. J'ai perdu le mien quand je n'avais que dix ans…

– Oui, oui, je sais. Tu m'as déjà raconté tout ça. Mais toi, t'es pas devenue comme lui. Toi, tu es normale. Lui, il a cette lueur dans le regard, je te dis.

– Bon, si tu le dis.

– Je le dis et l'affirme. Où était-il passé pendant tout ce temps, à ton avis ?

– En pension ?

– Que nenni, je te parie que ce type était chez les fous. Certaine ! C'est toujours comme ça que ça se passe.

– Tu regardes trop la télé, ma chérie. Tous les garçons proches de leur mère ne deviennent pas des psychopathes !

– Et pourtant… C'est bien un couteau qu'il a dans la main, non ?

– Dieu du ciel, tu as peut-être raison ! Un frisson les parcourut en même temps…

– Madame, pourriez-vous répondre, je vous prie ? insista le policier.

– C'est mon fils, répondit Arielle d'une voix à peine audible.

Un silence accablant recouvrit la scène tel un linceul suffocant. Il se retourna vers le jeune homme qui venait d'apparaître. Celui-ci portait un pyjama bleu à rayures blanches et portait des baskets rouges. À son attention, le policier, dont l'ébahissement était perceptible, dit :

– Ne reste pas là, c'est dangereux.

Arielle sentit l'angoisse l'opprimer. C'était comme si ses côtes étaient broyées sous le poids de ce sentiment.

– Vous ne comprenez pas inspecteur.

Ce dernier ne quittait pas des yeux le jeune homme qui se tenait devant eux. Il devait avoir entre dix-huit et vingt ans, il avait les cheveux courts et l'expression de son visage inspirait confiance. Le policier aurait tant voulu avoir un enfant. Mais la vie en avait décidé autrement. Toutefois, quelque chose dans son regard l'intriguait. Ses yeux n'exprimaient pas l'innocence d'un enfant. Ils étaient teintés de froideur. Le flic eut un frisson. Peut-être était-ce la peur qui conférait ce regard étrange…

– Petit, viens près de nous, nous allons nous occuper de toi. Ne reste pas là, c'est dangereux. N'aie crainte, approche !

Silence.

La pluie redoubla en intensité. Un éclair zébra le ciel, le déchirant en mille morceaux. Arielle assistait, impuissante, à la terrible scène :

– Inspecteur, vous ne comprenez pas ! Il pleuvait des cordes à présent.

– Qu'est-ce que je ne comprends pas, madame ? Elle hésita, leva les yeux au ciel, désemparée.

– Ce garçon… est la personne que vous êtes venus arrêter, répondit-elle, un sanglot dans la voix.

– Que dites-vous ? demanda le policier interloqué.

Un torrent continuait de se déverser sur la ville. Le vent soufflait de plus en plus fort.

– Malheureusement, vous avez bien compris. Ne vous fiez pas à son apparence angélique, conseilla-t-elle.

– On nous avait brièvement prévenus qu'un détenu venait de s'échapper d'une institution pour malades mentaux. Je n'avais pas imaginé qu'il s'agissait d'un adolescent ! D'après la description psychologique du fugitif, je m'étais imaginé un homme d'une quarantaine d'années, madame.

– Le problème est bien là. (Elle fit une pause.) Il a l'apparence d'un jeune adolescent, mais son cerveau lui fait croire, entre autres, qu'il est adulte, qu'il est marié à… moi. (Sa voix se brisa). Lorsqu'il n'avait que dix ans, mon fils a assisté au meurtre de mon mari… Son esprit a occulté cet affreux moment. D'ailleurs, encore aujourd'hui, il ne s'en souvient pas. Malheureusement, pour se protéger, le cerveau de mon fils a façonné différentes personnalités. Tout s'est déclenché à l'adolescence. Il est, entre autres, persuadé qu'il est mon mari. Il rejette toujours l'idée du dédoublement de la personnalité.

Vous voyez, j'ai engendré un enfant tourmenté par la schizophrénie qui l'a assailli au décès de son père. C'est entièrement de ma faute, j'ai cru bien faire en acceptant sa folie.

Un éclair déchira le ciel. Il était 14 heures, mais on aurait dit que le soleil s'était couché tant les nuages étaient sombres. Les branches des arbres craquaient sous la force du vent.

De leur côté, les commères d'en face continuaient à observer et à tendre l'oreille. Le policier, lui, laissa échapper un soupir. Il ne pouvait croire les assertions de cette femme. Ce jeune homme serait donc un psychopathe en puissance ? Impossible !

– Laissez-moi faire, pria la mère. Je sais comment m'y prendre avec lui.

– Si ce que vous affirmez est vrai, il est dangereux, madame.

– Je vous en prie, je ne veux pas qu'il soit abattu comme un vulgaire animal par l'un de vos hommes.

– Soit. Comme vous voudrez, madame.

Vacillante, Arielle s'avança vers son fils. La vue brouillée par les larmes, elle cligna des yeux, anxieuse. Ses cheveux mouillés se collaient à son visage. Une éternité s'écoula avant que la maman ne soit près de son fils. Elle lui adressa des mots inaudibles pour les forces de l'ordre.

Soudain, le garçon se mit à vociférer un chapelet d'insultes à l'attention de sa mère tout en brandissant le couteau qu'il tenait dans son dos.

– N'approche pas ou je m'enfonce cette lame dans l'estomac, menaça-t-il.

– Calme-toi, mon chéri. Tout va bien se passer. Je vais prendre soin de toi.

Arielle continuait sa marche saccadée, tremblant comme une feuille. Son cœur était sur le point de transpercer sa poitrine. Elle respirait par à-coups.

– Je t'ai dit de ne pas avancer, salope !

La pointe de la lame lorgnait maintenant le ventre de M. Concerto. Un filet rouge traversa le tissu rayé de son pyjama. Sans crier gare, Arielle se mit à courir à la rencontre de son fils.

Un des policiers qui assistaient à la scène, interdit, chargea son arme. Il se mit en position, prêt à tirer. Fébrile, il plaça son index sur la détente de la gâchette. Il connaissait pourtant parfaitement les instructions. Il ne pouvait tirer que sur ordre de son chef. Toutefois, une force indicible s'était emparée de lui. Que voulait-il prouver ?

Il ne le savait pas. Son index se mit à appuyer lentement sur la détente.

Des gouttelettes de sueur se mirent à perler sur son front.

La pluie tombait.

Le vent soufflait.

Lorsque le coup de feu finit par résonner dans tout le quartier, Arielle venait de s'effondrer aux pieds de son fils qui, hilare, brandissait son couteau ensanglanté. Son rire lugubre fut rapidement brisé par la balle qui alla se loger dans le crâne du forcené. Son corps sans vie s'effondra, laissant les policiers pantois.

Épilogue

Arielle était installée dans son rocking-chair. Son visage, creusé par les ombres de la faible luminosité de son vieil abat-jour, paraissait bien plus âgé. Le regard perdu dans le vide. La nuit précédente avait été peuplée de cauchemars dont les ombres menaçantes semblaient encore flotter autour d'elle. Tous se rapportaient à son passé. Une période qu'elle s'efforçait d'oublier. Des souvenirs qui la torturaient depuis des années. Récemment, ils étaient devenus plus intenses. Un passé qui se délectait de l'écraser sous un poids insupportable.

Une larme coula le long de sa joue. La douleur était morale, mais devenait également parfois physique. Elle eut envie de vomir. Ses pensées l'emmenèrent pernicieusement à cette époque…

… Le tonnerre grondait. La pluie fouettait la vitre de la grande fenêtre qui perçait le mur de la chambre. À cette heure de la nuit, la ville était déjà profondément endormie. Sa respiration s'accéléra. Son cœur lui faisait mal tant il cognait dans sa poitrine. Le temps s'était suspendu. Tout autour d'elle se mit à virevolter. Elle eut un haut-le-cœur. *Calme-toi. Respire. Pense au petit. Tu dois tenir le coup.*

Le sang avait cessé de couler. Le corps sans vie de son époux était toujours ligoté fermement au rocking-chair sur lequel elle était installée en ce moment même. Arielle avait hurlé de terreur à travers le bâillon qui lui lacérait les joues. Son pouls s'était mis à cogner dans ses tempes. Les veines de son front et de sa gorge avaient été sur le point d'éclater sous la pression. Elle avait été forcée à assister à cette affreuse mise à mort.

Ils les avaient retrouvés ! Elle et son époux savaient pertinemment que tôt ou tard ils paieraient. Il l'avait sauvée d'un réseau dangereux. Elle était le jouet du chef de la bande…

À une époque sombre de sa vie, Arielle s'était perdue dans des milieux peu fréquentables. Elle avait fait la rencontre d'un homme qui avait une emprise sur elle et tous ceux qui l'entouraient. Avec l'aide de celui qui allait devenir son époux, elle avait pu s'enfuir et refaire sa vie.

Une sonnerie de téléphone avait rompu le silence funeste qui recouvrait la pièce de son linceul macabre. D'une main ensanglantée, le type en cagoule avait décroché :

– C'est fait. Qu'est-ce qu'on fait de la femme ? Un court silence. Non. Je n'ai trouvé aucun gosse ici. OK, je me débarrasse du corps. Je fais quoi de la femme ? OK.

La tonalité avait remplacé la voix de l'autre côté. L'homme avait remis son portable dans la poche de son jean avant de se retourner vers Arielle :

– C’est ton jour de chance, ma belle, ou pas… Tu devras vivre avec cette dernière image de ton cher mari le restant de tes jours.

Un nouvel éclair déchiqueta le ciel nocturne.

Les deux forcenés avaient quitté la maison comme si de rien n’était. La police ne les avait jamais retrouvés.

L’eau claire du robinet coulait sur ses mains. Elle se frotta vigoureusement le visage et l’épongea. Elle était à bout de forces. Lorsque son regard croisa son reflet dans le miroir, Arielle frémit : ses cheveux ébouriffés encadraient un visage blafard aux yeux cernés. Elle avait des marques rouges sur les joues. Les coins de ses lèvres étaient littéralement en feu. Dehors, les éléments semblaient se déchaîner comme si la nature désirait exprimer elle aussi son immense colère, son chagrin, son désarroi. Arielle tomba sur les genoux et fondit en larmes. Elle venait de perdre l’homme de sa vie.

Sous ses yeux. Sans rien pouvoir faire pour lui venir en aide.

Ce qu’elle ignorait, c’est que dans la précipitation, le placard dans lequel elle avait caché son fils avait malheureusement été mal fermé. Il avait assisté à toute la scène…

Au même moment, dans le placard…

L’obscurité. Rien que l’obscurité. Son cœur battait à tout rompre. Il avait du mal à respirer calmement. Il tenait sa petite main sur sa bouche pour qu’on ne l’entende pas. Maman lui avait ordonné de rester là et de n’en sortir que lorsqu’elle le lui dirait. Il s’assura que son ami Bambi était auprès de lui. Bambi… son confident. Il serra la peluche très fort contre lui.

Un grincement. Une porte du placard venait de s'ouvrir légèrement. À travers la fine fente, l'enfant observa la scène.

Le tonnerre. Éclair. Peur.

Papa était attaché sur le fauteuil préféré de maman et maman était à genoux. Deux hommes. L'un tenait maman. L'autre avait un long couteau et se tenait près de papa. Maman gigotait dans tous les sens. Elle avait un foulard sur la bouche. Soudain, il entendit le hurlement étouffé de maman. Lorsqu'il dirigea son regard vers son papa, l'homme était en train de lui donner des coups de couteau.

Douze. Treize. Quatorze.

Quinze coups ! Du sang partout.

Quelques minutes plus tard, Arielle put serrer fort son fils dans ses bras…

Remerciements

Merci à Natali de m'avoir offert mon premier carnet de notes. Merci à Claire, Carmen et Aurélie pour leur aide.

Merci à Marie pour cette merveilleuse aventure… Merci à ma sœur d'avoir toujours cru en moi.

Merci à moitié pour sa patience !

Merci aux Éditions IFS pour leur confiance.

C'est un honneur d'être le premier auteur publié dans la collection

« Phénix Noir ».

Merci à mon agent, Marc-Olivier pour son soutien sans faille et son incroyable… culot !

Merci aux éditions M+ d'offrir une nouvelle vie à ce roman dans un format plus petit et plus léger.

Et enfin, merci à mon mentor et ami René.

Achevé d'imprimer en France par
Centre Littéraire d'Impression Provençal
imprimerie-clip.com
Imprimé sur papier Clairefontaine fabriqué dans les Vosges.

M+ éditions
5, place Puvis de Chavannes
69006 Lyon
mplusedítions.fr